ハヤカワ文庫NV
〈NV1367〉

レッド・ドラゴン
〔新訳版〕
〔上〕

トマス・ハリス
加賀山卓朗訳

早川書房
7678

RED DRAGON

by

Thomas Harris

Translated by
Takuro Kagayama
Published 2015 in Japan by
HAYAKAWA PUBLISHING, INC.
This book is published in Japan by
arrangement with
YAZOO FABRICATIONS, INC.
c/o JANKLOW & NESBIT ASSOCIATES
through JAPAN UNI AGENCY, INC., TOKYO.

人は真剣に見ようとするものだけを見ることができる。
そして真剣に見ようとするのは、すでに心のなかにあるものだけだ。
——アルフォンス・ベルティヨン

……なぜなら慈悲には人の心、
憐れみには人の顔があり、
愛は神々しい人の姿、
安らぎは人の服をまとっている。
——ウィリアム・ブレイク『無垢の歌』(神の姿)

残忍さには人の心、
嫉妬には人の顔があり、
恐怖は神々しい人の姿、
秘密は人の服をまとっている。

人の服は鍛鉄、
人の姿は灼熱の鍛冶場、
人の顔は封じられた火炉、
人の心は飢えた喉。

——ウィリアム・ブレイク『経験の歌』（ある神の姿*）

*この詩はブレイクの死後、『経験の歌』の銅版印刷とともに見つかった。死後に発行された版にのみ収録されている。

宿命的な面会までの序文

ハンニバル・レクター医学博士と初めて出会った経緯をお話ししたい。

一九七九年の秋、家族に病人が出た関係で、私は故郷のミシシッピ・デルタに戻り、そこに一年半とどまった。ちょうど『レッド・ドラゴン』を書いていた時期だった。リッチ村の隣人たちは親切で、広大な綿花畑のまんなかにあるショットガン・ハウスを私に使わせてくれた。私はたいてい夜に仕事をした。

小説を書くには、まずいま見えているものから始めて、そのまえに生じたことと、あとに生じたことを足していく。ミシシッピ州リッチの村の厳しい環境のなかで働いていた私には、FBIの調査官ウィル・グレアムが、犠牲になった家族の家にいるところが見えた。ウィルは家族全員が死んだその家で、いまは亡き彼らのホームムービーを見ていた。そのときにはまだ、誰が犯罪をおこなっているのかはわからなかった。私は事件の前後に起きたことを懸命につかもうとした。ウィルといっしょに、犯行現場の暗い家のなかを歩きまわったが、彼が見たのとまったく同じ光景が見えただけだった。

ときどき夜に、小さな家の灯りをつけたまま、どこまでも平らな畑を歩くことがあった。遠くから振り返ると、家は海に浮かぶボートのように見えた。まわりすべては果てしないデルタの夜だった。

ほどなく半野生の犬たちと知り合った。彼らは群れのようなものを作って、自由に畑のなかをうろついていた。何頭かは農夫の家族とつかず離れずの関係を保っていたが、たいていは自力で食べ物を探さなければならなかった。地面が凍って乾く厳冬の数カ月、私は犬たちに餌をやりはじめ、すぐに一週間で二十キロ以上のドッグフードを費やすようになった。彼らは私にぞろぞろついてきた。大集団だった――大型犬、小型犬、わりに人懐こい犬、とても触れることのできない大きくて荒々しい犬。夜、犬たちは畑のなかを私といっしょに歩き、こちらから見えないときでも暗闇のそこらじゅうで息をし、においを嗅ぐ音を立てていた。家で私が仕事をしているときにはみな正面のポーチで待っていて、満月の夜になると歌った。

真夜中に、私は家から出て広大な畑で茫然と立ち尽くし、犬たちの呼吸の音に囲まれた。机のライトにくらんだ眼で、犯行現場で起きたことを見ようとしたが、おぼろな視界に現われるのは、ぼうっと迫り来るもの、何かの暗示、そして人ならざるものの網膜がときおり月を反射する光だけだった。何かが起きたのはまちがいなかった。これは理解してもらいたいのだが、小説を書くときには、何かを作り出すのではない。書くべきことはすべてそこにあり、あとは見つけ出すだけなのだ。

ウィル・グレアムは誰かに訊かなければならなかった。多少の助けが必要で、それは本人にもわかっていた。どこに行けばいいかも、そのことを考えはじめるまえからわかっていた。私にはグレアムがまえの事件で重傷を負ったことがわかっていた。知るかぎりでいちばん優秀な相手に相談するのを、ひどくためらっていることも。当時、私は毎日つらい記憶が積み重なっている時期で、夜の仕事ではグレアムに心を寄り添わせた。

そんなわけで、不穏な予感とともに、私は彼を州立ボルティモア精神障害犯罪者病院に送っていった。そして癪に障ることに、本来の仕事に取りかかるまえに、読者も日常的に出会うような愚か者を見つけた。フレデリック・チルトン博士である。彼のせいでわれわれは二、三日足止めを食らい、うんざりさせられた。

しかし、私は灯りのついた家にチルトンを残して、友である犬たちに囲まれた暗闇から彼を振り返れることに気づいた。そのときの私は闇のなかで眼に見えない存在だった。ちょうどいま登場人物たちと同じ部屋にいても、彼らには見えないように。彼らは私の助けをほとんど、あるいはまったく得ずに己の運命を決めている。

煩わしいチルトンとようやく別れて、グレアムと私は凶悪犯罪者の棟に進み、うしろで鋼鉄製の扉が怖ろしい音を立てて閉まった。

ウィル・グレアムと私はレクター博士の監房に近づいていく。グレアムは緊張して、恐怖のにおいが感じ取れるほどだった。レクター博士は眠っているものと思ったが、博士が眼も開けず、においでウィル・グレアムを認識したのにはぞっとした。

執筆中、私はいつものように自分が外界からさえぎられ、チルトンにもグレアムにも職員たちにも見えないという有利な立場だったが、レクター博士のそばにいると不安を覚えた。博士からこちらが見えないという気がまったくしなかったのだ。

グレアムと同じように、私もレクター博士の詮索が不快で、侵食されているように感じた。いまもそう感じる。X線で頭のなかを調べられるときに、思考に生じる低いうなりのように。グレアムとレクター博士の面会は、現実世界の剣劇さながらめまぐるしいスピードで進み、私は必死でついていった。メモが紙の余白のみならず、机の上に開いていたあらゆるものにあふれた。面会が終わったとき、私は疲れ果てていた。この種の施設でときに聞こえる金属のぶつかる音や叫び声が、頭のなかで鳴り響いた。リッチの家の玄関ポーチでは、十三頭の犬が眼を閉じて坐り、満月に顔を上げて歌っていた。多くの犬はオとウのあいだの単純母音を切なげに伸ばし、残りの数頭はたんにハミングしていた。

私はグレアムとレクター博士の面会を理解するために、頭のなかで百回くり返さなければならなかった。一部のことばを聞き取りにくくする無関係な雑音や、監獄内の音、呪われた者たちの叫び声を取り除かなければならなかった。

誰が犯罪をおこなっているのかは依然としてわからなかったが、そのころ初めて、彼を見つけてたどり着けることがわかった。それを知ることが、この本のほかの登場人物にとってすさまじい、そしておそらくは悲劇的な負担を強いることになるのも。実際にそうなった。

何年ものちに『羊たちの沈黙』を書きはじめたときには、まさかレクター博士が戻ってくるとは思わなかった。かねて『ブラック・サンデー』の登場人物ダーリア・イヤドが気に入っていたので、強い女性を主人公にした小説を書きたいと思っていた。そこで新しい小説にクラリス・スターリングを登場させたが、二ページと進まないうちに、彼女が博士を訪ねなければならないことがわかった。クラリス・スターリングに心酔していた私は、レクター博士がいともたやすく彼女の内面を見抜くことに多少の嫉妬を覚えた。それは私にはむずかしいことだったからだ。

『ハンニバル』の出来事を記録しだしたころには、驚いたことに、博士はすでにひとり歩きを始めていた。読者も私と同様に、博士の奇妙な魅力を発見したようだった。

『ハンニバル』を書くのは怖かった。個人的に消耗することも、さまざまな選択を目の当たりにしなければならないことも。私はスターリングのために怖れた。が、最終的には彼らに選ばせた。どんな小説でも登場人物に選ばせるしかない。私はレクター博士とクラリス・スターリングに、彼らの本性にしたがった進路を決めさせた。そこにはいくらか礼儀のようなものがある。

イスラム教国のある君主は言った――私がハヤブサを飼っているのではない、彼らが私とともに生きているのだ、と。

一九七九年の冬、州立ボルティモア精神障害犯罪者病院を訪問し、自分の背後で大きな鉄の扉が重い音で閉まったときには、通路の突き当たりで何が待っているのか、私にはほとんどわからなかった。運命の閂《かんぬき》が差されたとき、人がいかにその音を聞き逃しやすいかということだ。

T・H、二〇〇〇年一月、マイアミにて

レッド・ドラゴン〔新訳版〕〔上〕

登場人物

ウィル・グレアム………………異常犯罪捜査の専門家
ジャック・クロフォード………ＦＢＩの特別捜査官
モリー……………………………グレアムの妻
ウィリー…………………………モリーの息子
プライス…………………………指紋採取の専門家
スプリングフィールド…………アトランタ警察の刑事部長
フレディ・ラウンズ……………タトラー紙の記者
フレデリック・チルトン………犯罪者病院の院長
バイロン・メトカーフ…………弁護士
ウェンディ………………………ラウンズのガールフレンド
フランシス・ダラハイド………〈ゲートウェイ・フィルム・ラボラトリー〉職員
ハンニバル・レクター博士……精神科医

1

　ウィル・グレアムは、クロフォードを家と海のあいだにあるピクニックテーブルまで案内し、グラスに入ったアイスティーを出した。

　ジャック・クロフォードは、澄んだ光のなかで、住み心地のよさそうな銀白色の板張りの古い家を眺めた。「きみがマラソンの町で仕事を終えたときに会えばよかったな」彼は言った。「ここでは話したくないだろう」

「どこでも話したくはありませんよ、ジャック。でもあなたは話すつもりだ。さっさと片づけましょう。写真は出さないで。写真を持ってきてるなら、ブリーフケースに入れておいてください。モリーとウィリーがすぐ戻ってくるので」

「どこまで知ってる？」

「マイアミ・ヘラルドとタイムズの記事は読みました」グレアムは言った。「ひと月あいだをあけて、ふたつの家族が自宅で殺害された。バーミングハムとアトランタで。現場の状況は似ていた」

「似てるどころじゃない。同じだ」

「これまでに犯人だと名乗り出てきた人は?」

「午すぎに連絡した時点では、八十六人いた」クロフォードが言った。「偽者ばかりだ。誰もくわしいことは知らない。犯人は鏡を割ってその破片を使うんだが、それを知ってる人間はいなかった」

「ほかに新聞に伏せていることは?」

「ブロンドで右利き、きわめて力が強く、靴のサイズは二十九センチ。もやい結びができる。指の跡はすべてなめらかな手袋だった」

「それはもう公《おおやけ》にしてる」

「鍵をこじ開けるのは得意ではないようだ」クロフォードは言った。「このまえの侵入ではガラスカッターと吸着カップを使った。あ、それと血液型はAB+だ」

「誰かが怪我をさせたんですか」

「わかっている範囲でそれはない。精液と唾液から鑑定したんだ。分泌型だったから」

クロフォードは凪いだ海を見やった。「ウィル、ひとつ訊きたいことがある。これについては新聞で読んだろう。二件目はテレビでもさんざん取り上げられた。私に電話してみようと一度も思わなかったのか？」

「ええ」

「なぜ？」

「バーミングハムの事件は、最初あまりくわしく報じられませんでした。復讐、親戚の恨み——なんでも考えられた」

「だが、二件目が起きて、どういうことかわかったはずだ」

「ええ。精神異常者です。電話しなかったのは、したくなかったから。すでに誰が動いてるかわかってる。科研は最高レベルだし、ハーヴァードにはハイムリッヒ、シカゴ大学にはブルームがいて——」

「ここにはきみがいて、くそボートのモーターの修理をしてる」

「さほど役に立てるとは思えませんね、ジャック。もう仕事のことなんてちっとも考えないし」

「本当に？　きみはふたり捕まえた。われわれが捕まえた最後のふたりは、きみの手柄だ」

「どうして？　あなたや、ほかのみんなと同じことをしただけだ」

「それはちがうな、ウィル。きみの考え方があればこそだ」

「ぼくの考え方にはくだらないところがいっぱいあると思う」

「何度か閃いたことがあっただろう。きみ自身は説明しないが」

「証拠があったんですよ」グレアムは言った。

「そう、たしかにあったとも。山のように――あとから出てきた。逮捕前には、踏みこむ正当な理由も認められないほど何もなかった」

「必要な人間はもういるでしょう、ジャック。ぼくが入ってもたぶん戦力にはならない。そういうことを避けたいからこそ、ここまで流れてきたんです」

「わかってる。きみはこのまま深手を負った。いまは大丈夫そうだがね」

「大丈夫ですよ。あの怪我とは関係ありません。あなただって切られたことはある」

「たしかにあるが、あんなふうにではない」

「あの怪我とは関係ない。やめると心に決めたんです。うまく説明できないけど」

「ああいうことをもう見られなくなったと言うのなら、気持ちは充分理解できる」

「いや、わかるでしょう――見なきゃならないのはいつもつらいけど、見れば役に立てる、彼らが死んでるかぎりね。でも、病院や面会となると、もっとつらい。頭に浮かぶイメージを振り払って考えつづけなきゃならない。いまできるとは思えないな。無理にでも見ることはできるけど、思考は停止するでしょうね」

「みんな死んでるよ、ウィル」クロフォードはできるだけやさしく言った。

ジャック・クロフォードは、グレアムの声に自分の話し方のリズムや構文が混じっていることに気づいた。グレアムは相手がほかの人でも同じようになる。会話に集中すると、相手の癖をまねてしまうのだ。最初クロフォードは、グレアムがわざとやっているのだろうと思った。会話のリズムを作る技のひとつなのだろうと。

だが、そのうち意図的ではないことがわかった。それどころか、やめようとしているのにやめられないこともあるようだ。

クロフォードは上着のポケットに指を二本入れ、取り出した二枚の写真を表向きにして、テーブルの向かい側に放った。

「みんな死んでる」彼は言った。

グレアムは一瞬クロフォードを見つめて、写真を拾い上げた。

ごくふつうのスナップショットだった。ひとりの女性が三人の子供とアヒルを引き連れ、ピクニックの道具を持って池の土手を上がっている。もう一枚は、ケーキのうしろに並んだ家族。

三十秒ほど見て、グレアムは写真をテーブルに戻した。人差し指でついて二枚を重ねると、はるか先の浜辺に眼をやった。少年がしゃがんで砂のなかの何かをいじっている。女性が腰に手を当ててその横に立ち、見守っている。打ち寄せる波が彼女の足首のまわりで泡立つ。彼女は陸側に首を傾けて、濡れた髪を肩から払いのけた。

グレアムは客を無視して、写真のときと同じくらいの時間、モリーと少年を見つめていた。

クロフォードは内心喜んでいたが、この会話の場所を選んだのと同じ注意深さで、満足感が顔に出ないように努めた。グレアムの心はつかんだと思った。あとは機が熟するのを待つのみ。

ひどく見てくれの悪い犬が三頭、さりげなく近づいてきて地面に伏せた。

「これはまた」クロフォードが言った。

「たぶん犬です」グレアムは説明した。「みんなしょっちゅう、このへんに子犬を捨てるんですよ。可愛いやつは飼ってもらえるけど、残りはここに居坐って大きくなる」

「太りすぎだ」

「モリーが野良犬好きで」

「きみはここでいい暮らしをしているな、ウィル。モリーと、息子と。あの子は何歳だ？」

「なかなか男前だ。きみより背が高くなる」

グレアムはうなずいた。「父親が高かったので。ぼくはここで恵まれている。わかってます」

「フィリスを連れてきたかったんだ。フロリダにね。引退したらふたりで住む場所を見つけて、洞窟魚みたいな生活はやめる。フィリスは、友だちはみなアーリントンにいると言ってるが」

「入院してたときに届けてもらった本のお礼を言わなきゃいけないんですが、まだなんです。よろしく伝えてください」

「言っておくよ」

あざやかな色の小鳥が二羽、ゼリーを求めてテーブルにおりてきた。クロフォードは、小鳥たちがテーブルの上をぴょんぴょん跳ねてまた飛んでいくまで見ていた。

「ウィル、この異常者はどうやら月の満ち欠けを気にしているようなのだ。バーミングハムのジャコビ一家を殺したのは、六月二十八日土曜の夜、満月だった。アトランタのリーズ一家を殺したのは一昨日の七月二十六日の夜、これも満月の前夜だった。だから運がよければ、やつがもう一度やるまでに三週間少々あるわけだ。きみもこのキーズ諸島でただ待って、次の事件をマイアミ・ヘラルドの記事で読みたくないだろう。私はローマ教皇じゃないから、何をすべきだなどと言うつもりはないが、きみに訊きたい。私の判断を信用するか、ウィル？」

「ええ」

「私は、きみの助けがあれば犯人を早く捕まえられるチャンスが増えると思う。なあ、ウィル、その重い腰を上げて助けてくれ。アトランタとバーミングハムに行って現場を見たあと、ワシントンまで来てくれ。たんなる暫定職務だ」

グレアムは返事をしなかった。

クロフォードは波が五回打ち寄せるまで待ち、立ち上がって、上着を肩に引っかけた。

「夕食のあとで話そう」

「うちで食べてください」

クロフォードは首を振った。「また戻ってくる。ホリデイ・インに伝言が入るはずだし、電話で話もしなきゃならない。だが、モリーにはありがとうと言っておいてくれ」

クロフォードのレンタカーが、貝殻を敷きつめた道を走り去ると、かすかに埃が舞い上がって傍の藪に落ちた。

グレアムはテーブルに戻った。シュガーローフ・キーの最後の思い出がこれになってしまうのだろうかと思った——アイスティーのグラスふたつで氷が溶け、紙ナプキンがアカスギのテーブルから風に飛ばされ、モリーとウィリーが遠くの浜辺にいる、このひとときが。

シュガーローフの夕暮れ。サギたちは動かず、赤い太陽が見る見る大きくなる。ウィル・グレアムとモリー・フォスター・グレアムは風雨にさらされた流木に坐っていた。ふたりの顔は夕陽でオレンジ色に染まり、背中は紫の影に包まれていた。モリーはウィルの手を取った。

「クロフォードがここに来るまえに、わたしの店に立ち寄ったの」彼女は言った。「家への行き方を訊いたから、わたし、電話で知らせようと思ったんだけど。お願い、たまには電話に出てね。家に帰ると彼の車が見えたから、わたしたちは浜辺に出たの」

「彼はほかに何を訊いた？」

「あなたはどうしてるって」

「で、なんと答えた？」

「元気だけど、とにかくそっとしておいてって。あなたに何をさせたいの？」

「証拠を見させたいようだ。ぼくは法医学の専門家だから。モリー、卒業証書を見ただろう」

「その卒業証書で天井紙の破れたところを継ぎはぎしたじゃない。それは見た」流木をまたいでグレアムのほうを向いた。「昔の別の人生でやってたことが恋しいなら、あなたはその話をすると思う。でも、一度も聞いたことがない。あなたはいま隠しごとをしてなくて、落ち着いていて、やさしくて……わたしはそれが好き」

「いまぼくたちは愉しく暮らしてる。だろう？」

モリーが反射的にまばたきをしたのを見て、もっとうまく言えばよかったと思った。グレアムがことばを継ぐまえに、モリーは続けた。

「あなたがクロフォードのためにしたことは、あなた自身のためにはならなかった。彼にはほかにもたくさん部下がいる。政府のどこからでも引っ張ってこられるでしょ、きっと。どうしてわたしたちをそっとしといてくれないの？」

「クロフォードから聞かなかったか。彼はぼくがFBIアカデミーから二度現場に戻ったとき、二度ともぼくの上官だったんだ。今回の事件に似てるのは、長いこと働いているジャックにしてもあの二度だけだった。そして今回、また新しいやつが出てきた。この種の異常者はめったにいない。ジャックは知ってる、ぼくに……経験があることを」

「そう、あるわよね」モリーは言った。グレアムはシャツのボタンをはずしていて、腹をうねるように走る傷痕が見えた。指ほどの太さで盛り上がり、そこだけは陽に焼けない。左の腰骨から下に向かったあと、上がって右の胸郭に達している。

ハンニバル・レクター博士がリノリウムナイフでつけた傷だった。モリーがグレアムと出会う一年前のことだ。グレアムは瀕死の重傷を負った。タブロイド紙で〝人喰いハンニバル〟と書き立てられたレクター博士は、グレアムが捕らえた二番目の異常者だった。

ようやく退院したグレアムは連邦捜査局《FBI》を辞め、ワシントンDCからフロリダ・キーズ諸島のマラソンに移って、ボートヤードで、子供のころからいじっていたディーゼルエンジンの整備の仕事についた。ボートヤードに置いたトレーラーハウスに寝泊まりしていたが、やがてモリーと出会い、彼女が所有するシュガーローフ・キーの快適なぼろ屋に住むことになったのだ。

グレアムも流木にまたがり、モリーの両手を取った。モリーの両足が彼の両足の下にもぐりこんだ。

「言いたいことはわかるよ、モリー。ぼくは怪物を扱うこつを知っているとクロフォードは思ってる。迷信を信じるようなものだけど」

「あなたも信じてるの？」

　グレアムは三羽のペリカンが干潟の上を並んで飛んでいくのを見つめた。「モリー、知能の発達した異常者、とりわけサディストは捕まえるのがむずかしいんだ。理由はいくつかある。まず、これといった動機がない。つまり、動機の面から犯人を追えない。そしてたいてい情報提供者がいない。ほとんどの逮捕の裏には、捜査関係者より多くの密告屋がいるものだけど、今回のような場合、情報提供者はまず出てこない。犯人自身にも自分のしていることがわかっていない可能性もある。だから証拠をとにかく集めて、そこから推定するしかない。犯人の思考を再現するんだ。パターンを発見する」

「そして犯人を追跡して見つける」モリーは言った。「その異常者、なんと言うのか知らないけど、その人を追うと、このまえみたいな目に遭わされるんじゃないの？　そこなの。それが怖いの」

「相手にはぼくが見えないし、名前もわからない、モリー。そいつを見つけられたら逮捕するのは警察だ、ぼくじゃない。クロフォードは別の視点が欲しいだけだ」

　モリーは赤い太陽が海に広がるのを見つめた。その上の空で筋雲が光っていた。

　グレアムは、モリーが首をめぐらして完璧に近い横顔を何気なく見せる仕種が好きだった。喉の血管が脈打っているのを見て、いきなり彼女の肌の塩っぽい味があざやかに甦った。グレアムは唾を飲みこんで言った。「ぼくはどうすればいい？」

「もう決めてるんでしょう。ここに残れば、また殺人が起きる。そうなったら、あなたにとってこの場所も居心地が悪くなるかもしれない。『真昼の決闘』とか、そういうくだらない世界。だとしたら、あなたの質問は質問になってない」

「質問だとしたら、きみはなんと答える？」

「ここにいて。わたしといっしょに。このわたしと。そしてウィリーと。少しでも引き止める役に立つなら、ウィリーに協力してもらってもいい。でもわたしは涙をふいて、ハンカチを振るべきなんでしょ。何か悪いことが起きたら、少なくともあなたは正しいことをしたと考えて満足すべきなのよね。葬送のラッパが続くあいだはそう考える。で、家に帰って、ベッドのどちらかの側に代わる代わる寝ることになる」

「みんなのうしろでおとなしくしてるよ」

「そんなこと生まれてから一度もしたことないくせに。わたし、わがままよね？」

「それでかまわない」

「わたしも。ここは本当にすばらしいところ。いままでに起きたことすべてから、それがわかる。だから大切にしたい。」

グレアムはうなずいた。

「わたしもいまの暮らしを失いたくないの」モリーは言った。

「ああ。失ったりするもんか」

夕闇が急におりてきて、南西の低い空に木星が現われた。

ふたりは半月より少し満ちた月の横を、家まで歩いて帰った。干潟のはるか向こうでは、小魚が懸命に飛び跳ねていた。


食後にクロフォードが戻ってきた。上着を脱いでネクタイもはずし、シャツの袖をめくり上げてくつろいだ雰囲気を出そうとしていた。モリーは彼の太くて青白い前腕に嫌気が差した。彼女にとってクロフォードは憎たらしいほど賢い類人猿だった。ポーチのファンの下で彼にコーヒーを出し、そのまえに坐った。グレアムとウィリーは外で犬たちに餌をやっている。モリーは何も言わなかった。蛾がときどき網戸に当たって静かな音を立てた。

「彼は元気そうだな、モリー」クロフォードが言った。「きみたちふたりとも。引き締まって陽焼けしている」

「わたしが何を言っても彼を連れていくのよね」

「ああ、そうするしかない。しかたないんだ。だが誓うよ、モリー、できるだけ無理はさせない。彼は変わったな。きみたちは結婚してよかった」

「彼はどんどんよくなってる。夢を見る回数も減ったし。しばらく犬に取り憑かれたようになってたの。でもいまは世話をしてるだけ。四六時中、犬のことばかり話さなくなった。あなたは彼の友だちでしょう、ジャック。どうしてそっとしておいてくれないの」

「運悪く、ウィルは最高の能力を持っている。ほかの人間のようには考えない。なんと言うか、型にはまることがないんだよ」

「あなたに証拠調べを頼まれたと思っているようだけど」

「ぜひ調べてほしいね。ウィルほど証拠をきちんと調べられる人間はいない。だが、もうひとつある。想像力、投影力、そういうものだ。本人はそれがあまり好きではないようだが」

「あなたにも備わってたら、きっと嫌いになるわ。ひとつ約束して、ジャック。彼をあまり深入りさせないで。もう一度闘いに巻きこまれたりしたら、きっと殺されてしまう」

「闘わせたりはしない。約束するよ」

グレアムが犬の世話を終えると、モリーは旅の準備を手伝った。

2

ウィル・グレアムは、チャールズ・リーズの一家が生きて死んだ家のまえを、車でゆっくりと通りすぎた。窓は暗かった。庭の灯りがひとつだけついていた。二区画先に車を停め、アトランタ市警の調書の入った箱を持って、生温かい夜のなかを歩いて戻った。

グレアムはあくまでひとりで来ることを主張した。誰であれ、ほかの人が家のなかにいると気が散るから、とクロフォードには説明した。じつはもうひとつ個人的な理由があった。自分がどう反応するかわからなかったのだ。だから、別の人間につねに見られている状況は避けたかった。

死体安置所では大丈夫だった。

二階建ての煉瓦の家は道路から林で隔てられていた。グレアムは木々の下に立って、長いこと家を見つめ、心を落ち着かせようとした。心の暗がりで銀の振り子が揺れた。グレアムは振り子が止まるまで待った。

近所の住人が何人か車で通りすぎ、家をちらっと見ては眼をそらした。殺人の起きた家は、裏切り者の顔のように醜い。じろじろ見るのはよそ者と子供だけだ。ブラインドは上がっていた。よかったとグレアムは思った。親戚はなかにいない。身内の者がいればかならずブラインドを下げる。

懐中電灯は使わず、慎重な足取りで家の横にまわった。二度立ち止まって耳をすました。アトランタ市警は彼がここにいることを知っているが、まわりの住人は知らない。誰かいるとわかったら驚くだろう。発砲してくるかもしれない。

裏窓からのぞくと、家具のシルエットの向こうに前庭の灯りまで見通せた。夜気にクチナシの濃厚な香りが漂っていた。裏手のほとんどは板格子のついたポーチで、ポーチの扉にはアトランタ市警の封印テープが貼られていた。グレアムはテープをはがして、なかに入った。

ポーチから台所に入るドアは、警察がガラスをはずしたところにベニヤ板があてがわれていた。グレアムは懐中電灯の光を向け、警察から渡されていた鍵で解錠した。部屋の灯りをつけたかった。ＦＢＩのぴかぴかのバッジをつけて足音もかまわず歩きまわり、五人が死んだ静かな家にいることを正当化したかった。が、そんなことはしなかった。

暗い台所に入ると、朝食用のテーブルについて坐った。

闇のなかでレンジの青いパイロットランプがふたつ光っていた。家具の艶出しとリンゴのにおいがした。

サーモスタットがカチリと鳴って、空調が入った。グレアムはその音に驚き、かすかに恐怖を覚えた。だが恐怖には慣れていた。このくらいなら耐えられる。たんに怖いだけだ。先に進める。

グレアムは怖いときのほうがよく見えるし、聞こえた。一方で、簡潔に話せなくなり、ずけずけとものを言ってしまうこともあった。もっとも、この家に話しかける相手はもういない。怒らせる相手も。

あのドアからこの台所に狂気が入りこんできて、二十九センチの靴で動きまわった。闇のなかに坐ったグレアムは、シャツのにおいを嗅ぐブラッドハウンド犬のように、狂気を感じた。

その日は朝から夕方までほぼ一日じゅう、アトランタ市警の殺人課で刑事たちの報告書を読んでいた。警察が到着したとき、コンロの上の排気フードのライトがついていたという記述があったのを思い出し、それをつけた。

コンロの横の壁に額入りの刺繡がふたつかかっていた。ひとつには〝キスは続かないけれど料理は続く〟と書かれ、もうひとつには〝友人たちが仲よく集い、家の鼓動に耳を傾け、そのさざめきに心を安らげたいと思うのは、いつも台所である〟とあった。

グレアムは腕時計を見た。午後十一時三十分。検死医によると、殺人が起きたのは午後十一時から午前一時のあいだだった。

まず侵入。グレアムは想像した……

狂った男が外の網戸のフックを静かにはずす。暗いポーチに立ち、ポケットから何かを取り出す。吸着カップだ。もしかすると、机に押しつけて固定する鉛筆削りの土台の部分かもしれない。

台所のドアの下半分の木の部分にしゃがんで、男は首を伸ばし、ガラス越しになかをのぞきこむ。舌を突き出し、カップをなめてからガラスに押しつけ、レバーを倒して吸着させる。カップには紐で小さなガラスカッターがついていて、ガラスを丸く切ることができる。

ガラスを切る耳障りな小さい音と、ポンと叩いてはずす音。片手で叩き、もう一方の手は吸着カップを持っている。ガラスを落としてはならない。吸着カップの柄に巻いた紐がほどけていったので、切り取られたガラスはやや卵形だ。外に引き出すときにわずかにこすれる音がする。ガラスにAB型の唾液が残っても気にしない。

手袋をぴっちりとはめた手が穴の向こうにするりと入り、錠を見つける。ドアが静かに開く。彼はなかに入る。排気フードのライトの光で、この見知らぬ台所に立つ自分の姿が見える。家のなかはひんやりとして快適だ。

ウィル・グレアムは胃腸薬《ダイ・ジェル》を二錠嚙んでのんだ。セロファンの包み紙をポケットに突っこんだときに音がして苛立った。いつもの習慣で懐中電灯を体から充分離して持ち、居間を見てまわった。家の間取りはすでに頭に入っていたが、一度まちがえたあと、階段にたどり着いた。階段は軋まなかった。

グレアムは主寝室の入口に立った。光を向けなくても、なかがうっすらと見えた。ベッド脇の机のデジタル時計が時刻を天井に投げかけ、バスルームの横の幅木の上の常夜灯がオレンジ色に光っていた。血の強烈に鉄臭いにおいがした。

眼が暗闇に慣れれば、あたりは充分見える。狂った男はリーズと妻を見分けることができただろう。あるだけの光で部屋を横切り、リーズの髪をつかんで喉をかき切った。それから？　壁のスイッチに戻ってリーズ夫人に挨拶。そして銃弾を撃ちこんで彼女の動きを止めた？

灯りのスイッチを入れると、壁やマットレスや床から血痕が叫んできた。空気そのものに叫びが染みこんでいた。そこらじゅう黒い染みが乾きかけている静かな部屋で、グレアムは死の叫びに怯んだ。

床に坐りこんで、頭のなかが静まるのを待った。落ち着け、落ち着くんだ。

血痕の量と種類が多すぎて、アトランタの刑事たちは犯行を再現するのに苦労していた。犠牲者はみなベッドで発見されたが、血痕の場所の説明がつかなかったのだ。警察は当初、チャールズ・リーズは娘の部屋で殺され、主寝室まで引きずってこられたと考えた。しかし血の飛び方をくわしく調べて、考えを変えざるをえなかった。殺人者が部屋から部屋へどう移動したのか、正確なところは依然わからなかった。

検死と鑑識の報告書を読んだウィル・グレアムには、何が起きたか次第に見えてきた。侵入者は妻の横に寝ていたチャールズ・リーズの喉をかき切り、壁のスイッチまで戻って灯りをつけた——なめらかな手袋の指で触ったスイッチのプレートに、リーズの髪の毛とポマードがついていた。そして起き上がろうとしたリーズ夫人を撃ち、子供部屋に向かった。

リーズは喉を切られながらも子供を守ろうとあとを追い、途中で大量に出血した。犯人と闘おうとしたときに、明らかに動脈血が飛び散った。彼は娘の部屋で突き飛ばされて倒れ、娘といっしょに死んだ。

ふたりいた息子のうちのひとりはベッドで撃たれた。もうひとりもベッドで見つかったが、髪に埃の塊がついていた。ベッドの下に隠れていたのを引きずり出されて撃たれたと警察は考えている。

一家が全員死ぬと——夫人だけは生きていたかもしれないが——犯人は鏡を割りはじめた。破片のなかからいくつか選んで、またリーズ夫人に注意を向けた。

グレアムは箱のなかから検死結果の完全な写しを持っていた。リーズ夫人の内容は次のとおり。銃弾は彼女のへその右から入って腰椎で止まったが、直接の死因は首を絞められたことだ。銃創のセロトニンと遊離ヒスタミンの増加から、夫人が撃たれて少なくとも五分間は生きていたことがわかる。セロトニンよりヒスタミン値のほうがはるかに高いから、十五分以上生きていたわけではない。ほかの傷のほとんどはおそらく死後についたものだが、断定はできなかった。

ほかの傷が死後のものだとしたら、殺人者は夫人が死ぬまで何をしていたのだろう、とグレアムは思った。たしかにリーズともみ合い、子供を殺しはしたが、それには一分もかからない。鏡も割った。だがほかには？

アトランタ市警は徹底していた。ありとあらゆるところを測定し、写真を撮り、掃除機をかけ、グリッド捜査をおこない、排水のU字管もはずしていた。それでもグレアムは自力でひとつずつ確かめた。

鑑識の写真と、マットレスにテープで描かれた形から、死体が発見された場所はわかる。証拠――銃創の場合にはベッドのシーツの硝煙反応――が示しているのは、彼らがみな死んだ場所の近くで発見されたということだった。

だとすると、ほうぼうに散った血と、廊下のカーペットの上を引きずった跡の説明がつかない。ある刑事は犠牲者の何人かが犯人から這って逃れようとしたのだと推論した。グレアムは、ちがうと思った――殺人者は明らかに、死んだ彼らを動かして、そのあとまた殺した場所に戻したのだ。

リーズ夫人にしたことははっきりしているが、ほかの犠牲者は？　犯人は、夫人以外の家族に対しては、殺しただけでほかの危害を加えていない。子供三人はおのおの頭を一発撃たれただけ。チャールズ・リーズは出血死で、血を吸いこんだのも死を早めた。ほかに加えられた傷は、胸のまわりを縛られて皮膚の表面についた跡だけで、死後のものと考えられた。殺人者は彼らが死んだあとで何をしたのか。

グレアムは箱のなかから、警察が撮った写真と、部屋のなかのひとつひとつの血痕と有機物の染みに関する鑑識報告書と、血痕の外観の標準比較表を取り出した。

そして二階の部屋をくわしく見ていった。外傷と染みを照合して、犯行までさかのぼろうとした。それぞれの血痕を主寝室の正確な見取図に当てはめ、標準比較表を用いて血の飛んだ方向と速度を推定した。経過する時間ごとに死体がどういう位置にあったのかを知るのが狙いだった。

寝室の壁の隅に三ヵ所、右上がりに並んでついた血の跡があった。その下のカーペットにも三ヵ所、薄い染みがある。ベッドのチャールズ・リーズ側のヘッドボードの上も血で汚れ、床上の幅木に沿って血をこすりつけたような跡もあった。現場の見取図が、番号の入っていない点つなぎパズルのように見えてきた。なおも見つめ、部屋のなかに眼を上げてはまた図に戻るうちに、頭が痛くなってきた。

バスルームに入って、最後に残っていたバファリン二錠を取り出し、洗面台の蛇口の水を片手で受けて飲んだ。顔に水をかけ、シャツの裾でふいた。水が床にこぼれた。排水のU字管がないのを忘れていた。それ以外バスルームに乱れはなく、ただ、鏡が割れて、指紋採取用の〈竜《ドラゴンズ》の血《・ブラッド》〉と呼ばれる赤い粉の跡が残っていた。歯ブラシも、洗顔クリームも、剃刀もすべて本来の場所にあった。

バスルームはあたかも家族がまだ使っているような状態だった。リーズ夫人のストッキングが、乾かすためにタオルのラックにかけられたままだった。片脚が伝線すると切り落とし、別の一本脚のストッキングと合わせてはいて節約していた。リーズ夫人のささやかな家計の切り盛りがグレアムの胸に刺さった――モリーも同じことをしている。

グレアムは窓を乗り越えてポーチの屋根におり、ざらざらする屋根板の上に坐った。

両膝を抱え、汗ばんだシャツが冷たく背中に張りつくのを感じながら、惨殺のにおいを鼻から追い出した。

アトランタの街の光が夜空を赤錆色に染め、星はほとんど見えなかった。キーズの夜は澄んでいるだろう。あそこにいればモリーとウィリーといっしょに流れ星を眺め、ぜったいに聞こえると三人の意見が一致した流れ星の音に耳をすましているところだ。水瓶座デルタ流星群が最大になっていて、ウィリーは見る気満々だったから。

グレアムは身震いして、また鼻を鳴らした。いまモリーのことは考えたくない。考えるのは無神経だし、気も散る。

グレアムは無神経になりがちだった。よく俗悪なことを考えてしまう。心のなかにきちんとした仕切りがなく、見聞きしたことが、すでに知っていることすべてと触れ合ってしまう。その組み合わせのいくつかは受け入れがたいものだが、いつそんな連想が生じるかわからないので、跳ね返したり抑えこんだりすることができないのだ。身についた品位や礼節に関する価値観はそれでもつきまとって、彼自身の連想に驚き、夢に唖然とした。残念ながら、彼の頭蓋骨の戦場には愛するものを守る砦がない。グレアムの連想は電光石火だった。一方、価値判断は聖書を交読するときの速さで、連想にはとても追いつけず、思考を支配することはできなかった。

グレアムは己の精神を、鹿の枝角でできた椅子のようにグロテスクだが便利だと思っていた。彼にはどうしようもないことだった。
リーズ家の灯りを消し、台所を通って外に出た。裏手のポーチの端で、懐中電灯の光が自転車と枝編みの犬のベッドを浮かび上がらせた。裏庭には犬小屋、階段のそばには餌用のボウルがあった。

証拠によれば、リーズ一家は眠っていたところを襲われている。

懐中電灯を顎と胸のあいだに挟んで、グレアムはメモを書いた。〝ジャック――犬はどこに？〟。

車を運転してホテルに戻った。朝の四時半に走っている車はほとんどなかったが、運転に集中しなければならなかった。頭痛がおさまらなかったので、終夜営業の薬局を探した。

ピーチツリー通りで一軒見つかった。入口のそばで、だらしない感じの警備員が居眠りをしていた。グレアムは薄汚れた上着にふけが目立つ薬剤師からバファリンを買った。店内のまばゆい照明が眼に痛かった。グレアムは若い薬剤師が嫌いだった。ゴミの山に埋もれているような顔つきだし、だいたいひとりよがりで、家でも不愉快な人間なのではなかろうかと思っていた。

「ほかに何か?」薬剤師はレジのキーの上で指を止めて訊いた。「ほかには?」
アトランタのFBI支局は、街にできたばかりのピーチツリー・センターにほど近い
馬鹿げたホテルを予約していた。トウワタの莢のようなガラス張りのエレベーターが、
都会にいることを思い出させてくれた。
グレアムは、名札に〝こんにちは!〟と書かれた会議出席者ふたりとエレベーターに
乗って、部屋に上がった。彼らは手すりに寄りかかって下のロビーを見おろしていた。
「あの机の横、見ろよ。ウィルマたちが入ってくる」大柄なほうが言った。「くそー、
あの服、むしり取ってやりたいぜ」
「あいつが鼻血を出すまでファックしたい」もうひとりが言った。
恐怖と発情。恐怖に対する怒り。
「なあ、どうして女に脚が二本あるか知ってるか」
「さあ」
「カタツムリみたくぬるぬるを引きずらないようにするためさ」
エレベーターのドアが開いた。
「ここか? ああそうだ」大柄な男が言った。おりながらよろめいて、エレベーターの
ガラスにぶつかった。

「案内するほうも、されるほうもわけがわからん」もうひとりが言った。

グレアムは部屋に入って、ドレッサーの上に紙箱を置いた。そのあと見えないように、抽斗に入れた。かっと眼を見開いた死体を見すぎた。モリーに電話をかけたかったが、時間が早すぎた。

アトランタ市警本部で午前八時に打ち合わせが入っていた。彼らに報告することはほとんどない。

寝ようかとも思ったが、心のなかは、そこらじゅうで言い合いが生じ、廊下のどこかで人々が喧嘩をしている下宿屋同然だった。感覚が麻痺して抜け殻のようになり、バスルームにあったグラスでウイスキーを指二本分飲んでから横になった。暗闇が圧するように迫ってきた。バスルームの灯りをつけて、またベッドに戻った。モリーがバスルームで髪をといているところを無理に想像した。

検死報告書の何行かが、それまで声に出して読んだこともないのに、自分の声で響いた。「……腸内に便の形成……右脚下部にタルカムパウダーの跡。鏡の破片の挿入による眼窩内側壁の裂傷……」

グレアムはシュガーローフ・キーの浜辺を思い描こうとした。波の音を聞こうとした。心のなかに作業台を思い浮かべ、ウィリーと組み立てていた水時計の脱進機について考えた。囁き声で『ウイスキー・リバー』を歌い、『ブラック・マウンテン・ラグ』を頭の端から端まで行き渡らせようとした。モリーの好きな音楽だ。ドク・ワトソンのギターまではいいが、バイオリンのところでいつもわからなくなる。モリーはかつて裏庭でクロッグダンスを教えてくれようとした。彼女が跳ねながら踊り……グレアムはようやく眠りについた。

一時間で目が覚めた。体が強張り、寝汗をかいていた。バスルームの灯りで黒いシルエットになった隣の枕には、リーズ夫人が嚙まれ、切り裂かれて横たわっていた。眼には鏡の破片がはめこまれ、左右のこめかみから耳にかけて眼鏡のつるのように血が流れている。グレアムは首をまわして彼女と向かい合うことができなかった。脳が火災報知器のようにけたたましく鳴った。手を頭に上げると、乾いたシーツに触れた。

手を動かせたことで、すぐに少し落ち着いた。激しい動悸を感じつつ起き上がり、乾いたTシャツを着た。濡れたシャツをバスタブに放りこんだ。ベッドの乾いた側に移ることはできず、汗をかいたマットレスの上にバスタオルを敷いて坐り、ウイスキーのグラスを手にヘッドボードにもたれた。一気にグラスの三分の一を飲んだ。

何か考えようと思った。なんでもいい。バファリンを買った薬局にしよう。理由はおそらく、それだけが一日のなかで死とかかわっていない経験だったからだ。

ソーダ・ファウンテンがあった昔のドラッグストアを思い出した。少年時代、ドラッグストアにはどこかうしろめたいところがあると思っていた。入ると、必要か否かにかかわらず、かならずコンドームを買おうかと考えた。店内の棚には長く見つめてはいけないものが置かれていた。

バファリンを買った薬局では、イラスト入りの袋に入った避妊具が、芸術品さながら額つきのアクリルケースでレジのうしろの壁にかけられて売られていた。

グレアムは少年時代のドラッグストアのほうが好きだった。ほかのさまざまなものも。まもなく四十歳になるところで、ちょうどあのころの世相に惹かれはじめていた。それは海が荒れたときに彼を引き止めてくれる錨だった。

スムートのことを思った。スムート爺さんはグレアムが子供のころ、地元のドラッグストアをオーナーの薬剤師の代わりに経営して、ソーダも売っていた。仕事中に酒を飲み、日除けを下げるのを忘れて、ショーウィンドウのスニーカーの底を溶かしてしまったスムート。コーヒーポットのコンセントを抜き忘れて、消防隊が駆けつける小火を起こしたスムート。子供につけでアイスクリーム・コーンを売ってくれたスムート。

彼のいちばんの失態は、店のオーナーが休暇をとっているあいだに、キューピー人形を五十体、販売員に注文したことだった。帰ってきたオーナーはスムートを一週間、鹹にして、キューピー人形セールを企画した。五十体をウィンドウに半円に並べ、のぞいた人を全員で見つめ返すようにした。

キューピー人形はヤグルマソウのように青い大きな眼をしていた。その派手な展示からグレアムはしばらく眼が離せなかった。ただのキューピー人形だというのはわかっていたが、彼らの視線が自分に集中しているのを感じた。あまりにも大勢が見ていた。ほかにもたくさんの人が立ち止まって見ていた。ビニールの人形たちは、同じくるんと曲がった馬鹿げた髪型ながら、穴があくほどの凝視でグレアムの顔をむずがゆくさせた。

ベッドで少しくつろいだ気分になってきた。見つめるキューピー人形。酒をひと口飲み、はっと気づいた拍子に喉に詰まらせて、胸元に吐き出した。あわててベッド脇のランプを探り、ドレッサーの抽斗から箱を取り出した。リーズ家の三人の子供の検死所見と、測定値の入った主寝室の見取図を箱から出してベッドの上に広げた。

こちらは右上がりに並んだ三つの血の跡と、その下のカーペットにそれぞれついた染み。そしてこちらは三人の子の体の大きさ。男の子、女の子、そしていちばん上の男の子。一致、一致、一致。

三人は壁に一列に並んで坐らされ、ベッドのほうを向いていたのだ。観客として。死んだ観客。そしてリーズ。胸のまわりを縛られ、ヘッドボードにつながれていた。ベッドで上体を起こしているかのように。だから縛られた跡がつき、ヘッドボードの上の壁にも血がついていたのだ。

彼らは何を見ていたのか。何も——死んでいるのだから。だが、眼は開いていた。彼らは狂人とリーズ夫人の死体が演じる劇を見ていた。ベッドの隣には夫のリーズがいた。観客。狂った男は彼ら全員の顔を見ることができた。

ロウソクを灯したのだろうか、とグレアムは思った。光が揺らめけば、彼らの顔に表情が浮かんでいるようにも見える。ロウソクは見つかっていなかった。次はそうするのかもしれない……

殺人者との最初の小さな結びつきが、ヒルに吸いつかれたようにチクリとして、うずいた。グレアムは調書を噛みながら考えた。

なぜおまえは彼らをまた動かした？　どうしてそのままにしておかなかった？　グレアムは自問した。知られたくないことが何かあるんだろう。恥ずかしいと思っていることが。それとも、どうしても知られるわけにはいかないことか？

彼らの眼を開けたのか？

リーズ夫人は美人だった。だろう？　おまえはリーズの喉をかき切ったあとで灯りをつけた。夫が死ぬところを夫人に見させるために。だろう？　彼女に触るときに手袋をしているのは、なんとももどかしかっただろうな、え？

彼女の脚にはタルカムパウダーがついていた。

バスルームにタルカムパウダーはなかった。

別の誰かが平板な声でそのふたつの事実を告げたように思えた。

手袋をはずしたんだな？　彼女に触るためにゴム手袋を脱いだときに、そこからパウダーが落ちた。そうだろう、この鬼畜野郎。素手で触ってから、また手袋をはめ、彼女の体をふいた。だが、手袋をはずしているあいだに彼らの眼を開けたのか？

五回目の呼び出し音で、ジャック・クロフォードが出た。夜中に電話に出たことが何度もあるのだろう。とくに動揺していなかった。

「ジャック、ウィルです」

「ああ、ウィル」

「プライスはまだ潜在指紋にいます？」

「いるよ。外にはあまり出なくなった。指紋台帳の管理をしている」

「アトランタに来てもらわなければなりません」

「なぜ？　そこにいる男は優秀だと言ってたじゃないか」

「優秀だけどプライスほどじゃない」

「彼に何をさせたいんだ。どこを調べろと?」

「リーズ夫人の手足の爪。マニキュアをしてるから表面はなめらかです。それから、家族全員の眼の角膜を。犯人はたぶん手袋をはずしたんです、ジャック」

「いかん。プライスに急がせないと」クロフォードは言った。「葬式は今日の午後だ」

3

「彼女に触れずにはいられなかったんだと思う」グレアムは挨拶もそこそこに言った。クロフォードがアトランタ市警本部の自動販売機で買ったコークを彼に渡した。朝の七時五十分だった。

「ああ、彼女をあちこちに動かしている」クロフォードは言った。「両手首をつかみ、両膝のうしろに力を加えた跡があった。だが、残っていたのはすべてつるんとした手袋の跡だ。心配するな、プライスが来てる。あの気むずかしい爺さんが。いま葬儀屋に向かってる。死体安置所から運び出されたのはゆうべだが、葬儀屋のほうではまだ何もしていない。ひどく疲れてるようだな。少しは眠れたのか？」

「たぶん一時間ほど。犯人は手で彼女に触れずにはいられなかったんだと思います」

「だといいがな。しかしアトランタの鑑識は、最初から最後まで外科医の手袋のようなものをはめていたと断言してる」クロフォードは言った。「鏡の破片にはそういうなめらかな指の跡がついていた。陰唇に押しこんだ破片の裏には人差し指、表には親指でこすったような跡が」

「はめたあとで磨いたんですよ、おそらくそこに映る自分のまぬけ面を見られるように」

「口にはまっていた破片は血で汚れていた。両眼のものもだ。手袋ははずしてないよ」

「リーズ夫人は美人だった」グレアムは言った。「あなたも家族写真を見たでしょう？　ぼくなら親密な状況になればあの肌に触れたいと思うけどな。ちがいます？」

「親密だと？」クロフォードの口調に思わず嫌悪感がにじみ出た。気まずさからか、突然ポケットの小銭をいじりはじめた。

「親密――彼らはふたりきりでした。ほかは全員死んでいた。犯人は彼らの眼を開けることも閉じることもできた。好みに応じて」

「やつが好きなように」クロフォードは言った。「もちろん、夫人の皮膚からも指紋を採取しようとした。何もなしだ。首を絞めたときの手の跡はあったがね」

「報告書には、爪で採取したとは書かれていませんでした」

「爪は残留物を取り除いたときに汚れてしまったと思うな。残留物は夫人が自分の掌を引っかいたときのものだった。犯人を引っかいたのではない」

「脚がきれいでした」グレアムは言った。

「うーむ。階上《うえ》へ行こう」クロフォードは言った。「みんなが集まるころだ」

ジミー・プライスは器具を山ほど持参していた――重そうなケースふたつと、カメラバッグ、そして三脚。ガタガタと音を立てて、アトランタのロンバード葬儀場の正面玄関からなかに入った。ひ弱そうな老人は、空港から乗ったタクシーが朝のラッシュに巻きこまれて遅くなったので機嫌を損ねていた。

しゃれた髪型のむやみに丁寧な若者が、アンズ色とクリーム色で装飾された事務室にそそくさと彼を案内した。机には『祈る手』と題された彫刻だけが置かれていた。

プライスが祈る手の指先を観察していると、ロンバードその人が入ってきた。ロンバードはプライスの身分証に異様なまでの注意を払った。

「そちらのアトランタ事務所というのか、支局というのか、まあとにかくそこから電話をもらいました、ミスター・プライス。ですが昨晩は、ナショナル・タトラーという新聞社からじつに不愉快な男がやってきて写真を撮ろうとしたのを、警察に追い払ってもらわなければなりませんでした。そういうわけで、こちらも非常に慎重になっておりますので、ご理解いただきますように。ミスター・プライス、ご遺体が私どもに引き渡されたのは、つい先ほどの午前一時ごろです。葬儀は本日午後五時。これを遅らせるわけにはまいりません」

「さほど時間はかからんよ」プライスは言った。「ひとり、そこそこ頭のいい助手が必要なんだが、ここにいないかね。あと、死体に触ったかな、ミスター・ロンバード？」

「いいえ」

「誰が触ったか調べてくれ。全員の指紋を採取しなきゃならん」

リーズ事件に関する警察の朝の打ち合わせで話題になったのは、もっぱら歯のことだった。

アトランタ市警のR・J・〝バディ〟・スプリングフィールド刑事部長は、がっしりとした体格で、シャツ姿だった。彼とドミニク・プリンチ医師がドアの脇に立っているところへ、二十三人の刑事たちがぞろぞろと入ってきた。

「さあ、みんな、入りながらにっこりと笑ってくれ」スプリングフィールドは言った。「ドクター・プリンチに歯を見せるんだ。そう、よく見せてくれよ。おい、スパークス、そいつはおまえの舌か？　それともリスを呑みこむところなのか？　止まらず入ってくれ」

上下の歯を正面から描いた大きな図が、部屋のまえの掲示板に貼り出されていた。グレアムは、安雑貨屋のハロウィーン・カボチャのセルロイドに印刷された歯を思い出した。グレアムとクロフォードは部屋のうしろに坐り、刑事たちはそれぞれ教室にあるような机に並んで坐った。

アトランタの公安委員長ギルバート・ルイスとその広報官が、少し離れたところに置かれた折りたたみ椅子に腰かけていた。ルイスはあと一時間で記者会見を開かなければならなかった。

スプリングフィールド刑事部長が進行役だった。

「さて、くだらない言いわけはなしだ。きみらも今朝の新聞を読んだのなら、進展ゼロなのはわかっただろう。

戸別の聞き取り捜査は、現場から半径四ブロックを追加して続行。記録管理課から来たふたりが、バーミングハムとアトランタの航空会社の予約とレンタカーの記録の突き合わせを手伝ってくれる。

空港とホテルのチームは、今日もう一度捜査だ。そう、今日じゅうにもう一度な。事務員はもちろん、メイドや接客係にも全員当たること。犯人はどこかで着替えなければならなかった。汚れ物を残しているかもしれない。その手のゴミを出した人間がいたら、引っ捕らえて部屋を封印し、ただちに洗濯室に連絡するように。今朝はひとつ見てもらいたいものがある。ドクター・プリンチ？」

フルトン郡の主任監察医であるドミニク・プリンチが部屋の正面に歩いていき、歯の図面の下に立った。そこで歯科模型を持ち上げた。

「諸君、これが容疑者の歯の模型だ。リーズ夫人についていた嚙み跡と、リーズ家の冷蔵庫から取り出してかじったチーズのはっきりした歯型から、ワシントンのスミソニアン博物館が再現した」プリンチは言った。

「見てのとおり、中央から左右二番目にある側切歯が小さい――ここと、ここだ」プリンチはまず手に持った模型、次に頭上の図面を指差した。「どちらも曲がっていて、この中切歯は角が欠けている。そしてもう一本の中切歯には溝がある。俗に言う〝仕立屋の切りこみ〟だ、歯で糸を切りつづけるとできるような」

「乱杭歯のくそ野郎か」誰かがつぶやいた。

「チーズをかじったのが容疑者だとどうしてわかるんです、ドック？」最前列にいた背の高い刑事が訊いた。

プリンチは〝ドック〟と呼ばれるのが嫌いだったが、ぐっとこらえた。「チーズと夫人の嚙み跡についた唾液の血液型が一致した。被害者の歯と血液型には合わなかった」

「けっこう、ドクター」スプリングフィールドが言った。「その歯の写真をみんなに配布しよう」

「新聞にのせるのはどうです？」広報官のシンプキンズが口を挟んだ。「こういう歯型に心当たりはありませんか、というふうに」

「かまわないと思うが」スプリングフィールドが言った。「どうです、公安委員長？」

ルイスもうなずいた。

シンプキンズはまだ話し終えていなかった。「ドクター・プリンチ、報道機関は、なぜあなたがいま持っている模型を作るのに四日もかかったのかと訊くでしょうね。なぜすべてワシントンでやらなければならなかったのか、とも」

クロフォード特別捜査官はボールペンのボタンを見つめていた。

プリンチは顔を赤らめたが、声は落ち着いていた。「皮膚についた嚙み跡は、死体を動かすとゆがんでしまうのだ、ミスター・シンプソン――」

「シンプキンズ」

「――シンプキンズ、失礼。被害者の嚙み跡だけで模型は作れなかった。そこでチーズが重要になる。チーズはわりに固いけれど、そこから型を取るのはむずかしい。まずオイルを塗って、型取りの素材に湿気が移らないようにしなければならない。それもだいたい一発勝負で。スミソニアン博物館は以前にもFBIの科研のために作業をしたことがある。歯列を再現する装置も、解剖学的咬合器も、あちらのほうが充実している。顧問の法歯学者もひとりいる。こちらにはいない。ほかに何か？」

「遅れが生じたのはアトランタではなく、FBIの科研のせいだと言ってかまいませんか」

プリンチは相手をきっと睨みつけた。「より正確には、ミスター・シンプキンズ、クロフォード連邦特別捜査官が冷蔵庫でチーズを見つけたのが二日前だった――諸君が現場を捜索したあとだ。捜査官は私の要請で鑑識の作業を早めさせた。だから、あのくそチーズをかじったのがあんたらの誰かでなくて、私は心底ほっとしたと言ってかまわないだろうね」

ルイス公安委員長が割りこんだ。重い声が部屋のなかで響き渡った。「誰もあなたの判断を疑問視しているわけではないよ、ドクター・プリンチ。シンプキンズ、いまいちばんしたくないのはFBIとの言い争いだ。仲よくやろうじゃないか」

「われわれはみな同じものを追っている」スプリングフィールドが言った。「ジャック、そちらから何かつけ加えることは？」

クロフォードが立ち上がった。見える顔のすべてが親しみに満ちているわけではなかった。どうにかしなければならない。

「誤解を解いておきたい、部長。ひと昔前は、誰が逮捕するかということで大いに張り合っていた。FBIと地元警察がどちらも相手に隠しごとをして、犯罪者がすり抜ける隙間を作っていた。もうそれはFBIの方針でも私の方針でもない。誰が逮捕するかなんてことはどうでもいい。グレアム調査官もそう思っている。ちなみに、そこに坐っている彼だ。今回の事件を起こしたやつがゴミ収集車に轢かれても、それで通りからいなくなるのなら、私は一向にかまわない。諸君も同じように感じていると思う」

クロフォードは刑事たちを見まわし、納得してくれていればいいがと思った。彼らが手がかりを隠したりしないことを願った。ルイス公安委員長が話しかけていた。

「グレアム調査官はこの種の事件を扱ったことがあるのかね」

「あります」

「何かつけ加えることがあるかな、ミスター・グレアム？　提案することとか？」

クロフォードはグレアムのほうを向いて眉を上げた。

「まえに出てもらおうか」スプリングフィールドが言った。

グレアムは、事前にスプリングフィールドとふたりだけで話す機会があればよかったと思った。まえに立ちたくはなかったが、そうした。

髪はぼさぼさで陽焼けしたグレアムは、とてもFBIの捜査にたずさわっているようには見えなかった。スプリングフィールドは、ペンキ屋がスーツを着て出廷したみたいだと思った。

刑事たちは椅子の上でもぞもぞと体を動かしていた。

グレアムが正面から向き合うと、茶色の顔で薄青の眼がひどく目立った。

「ではいくつか」彼は言った。「まず犯人を元精神病患者だとか、性犯罪の前科者と決めつけてはなりません。むしろなんの前科もない可能性が高い。あったとしても、軽微な性犯罪より不法侵入罪ではないかと思われます。

今回ほどではない暴行、たとえば酒場での喧嘩や児童虐待などで人を嚙んだ経歴はあるかもしれない。その点でいちばん役立つのは、緊急治療室と児童相談所の職員でしょう。

人がひどく嚙まれた事例を彼らが憶えていたら、被害者や経緯にかかわりなく話を聞いてみる価値がある。以上です」

最前列の背の高い刑事が手を上げながら質問した。

「だが、やつがこれまで嚙んだのは女性だけだろう?」

「われわれが知っている範囲では。しかし回数が多い。リーズ夫人には深い嚙み跡が六カ所、ジャコビ夫人には八カ所です。平均をはるかに上まわっている」

「平均はどのくらい？」

「性的な殺人では三回。彼は噛むのが好きなのです」

「女をね」

「性的暴行の場合、たいてい噛み跡の中央には赤黒いあざがある。吸った跡です。とところが今回はない。検死報告にドクター・プリンチが書かれたとおりです。私も死体安置所で確認した。吸った跡はない。彼にとって噛むことは、性的行為と同じくらいの攻撃パターンなのかもしれない」

「それはどうかな」刑事が言った。

「調べる価値はある」グレアムは言った。「どんな噛み跡も調べるべきです。跡がついた理由について、みな嘘をつく。噛まれた子供の親は、動物が咬んだのだと言い、家族の犯罪者をかばうために子供に狂犬病の注射を打ってもらう――よくあることでしょう。だから、誰が狂犬病の注射をしてくれと言ってきたか、病院で確認することは無駄にはならない。

いまわかっているのはこれだけです」グレアムがまた坐ったときには、疲労で腿の筋肉が震えた。

「訊く価値があるなら訊こう」スプリングフィールド刑事部長が言った。「さて、金庫・倉庫班は窃盗班といっしょに近所の聞きこみにまわってくれ。犬についても当たるように。新しい情報と写真がファイルに入っている。その犬を連れた不審人物が目撃されていないかどうか。風紀班と麻薬班、一日の巡回が終わったら、ハードゲイの連中と彼らのよく行くバーも当たってくれ。マーカスとホイットマンは葬儀に出席して注意してろ。参列する親戚や家族の友人は確認しているか？　けっこう。写真の手配は？　よかろう。参列者名簿を記録管理課に渡すこと。すでにバーミングハムの名簿はあちらにある。残りの担当は書類にあるとおり。以上、解散」

「もうひとつ」ルイス公安委員長が言った。刑事たちはまた着席した。「この捜査班で、殺人者を〝歯の妖精《トゥース・フェアリー》〟と呼んでいる者がいると聞いた。内輪でどう呼ぼうとかまわない。呼び名をつけたい気持ちはわかる。だが、公の場で警察官が犯人を〝歯の妖精〟と呼ぶのは聞きたくない。いかにも軽薄だ。内部資料にもいっさい書かないように。それだけだ」

クロフォードとグレアムは、スプリングフィールドのあとについて彼のオフィスに引きあげた。刑事部長がコーヒーを出しているあいだに、クロフォードは局の交換台に電話をかけて、メッセージをメモにとった。

「昨日きみがここに来たときには話す機会がなかった」スプリングフィールドがグレアムに言った。「ここは毎度の修羅場だ。ウィル、でよかったかな？　彼らに必要な世話はしてもらっているかね」

「ええ、充分」

「世話をするといってても何もないのはわかっているが」スプリングフィールドは言った。

「そうだ、犯人が歩いたときの写真ができている。花壇の足跡だ。藪やそのまわりを歩きまわってるから、わかるのはせいぜい靴のサイズと、もしかすると背の高さぐらいだ。左の写真の足跡が少し深いのは、何かを運んでいたのかもしれない。時間つぶしだな。とはいえ、数年前に足跡の写真から泥棒を捕まえたこともあったんだ。パーキンソン病だというのがわかってね。プリンチの手柄だ。しかし、今回は運がなかった」

「優秀な人員がそろっていますね」グレアムは言った。

「まあね。だが、この種の事件は通常われわれの仕事ではない、ありがたいことに。ちょっと訊くが、きみたちはいつもいっしょに働いてるのか——きみとジャック、そしてブルームは？　それとも、こういう場合にだけ集まるのか」

「こういう場合だけです」

「再集合というわけだ。きみは三年前にレクターを捕まえた男だと公安委員長が言っていた」

「メリーランド警察をはじめとして、みんないたのです」グレアムは言った。「逮捕したのはメリーランド州警察の警官たちでした」

スプリングフィールドはぶっきらぼうだが鈍感ではない。グレアムが居心地悪そうにしているのがわかった。椅子をまわして書類を何枚か拾い上げた。

「犬について訊いただろう？　これが調書だ。昨晩、ここに出てくる獣医がリーズの弟に電話をかけた。犬を預かっていたんだ。殺されるまえの日の午後、リーズと長男がこの獣医のところに犬を連れていった。腹を刺されていたそうだ。獣医が手術をして、持ちこたえた。最初は撃たれたのかと思ったそうだが、弾は見つからなかった。アイスピックか錐のようなもので刺されたという診断だ。犬に手を出している人間を見なかったか、近所で訊いている。今日は地元の獣医にも電話をかけて、ほかの動物虐待の事例を集めている」

「犬はリーズの名前の入った首輪をしてましたか」

「いや」

「バーミングハムのジャコビ家にも犬がいました？」グレアムは訊いた。

「それもわかるはずだ」スプリングフィールドは言った。「ちょっと待ってくれよ」内線番号にかけた。「フラット警部補がバーミングハムと連絡をとり合っている……ああ、フラット。ジャコビ家の犬の件はどうなった？　ああ……なるほど。ちょっと失礼」受話器に手を当てた。「犬はいないそうだ。ただ一階のバスルームのゴミ箱に猫の糞が入っていた。猫は見つからなかったそうだが。近所の人たちがいま探している」

「庭や離れの裏を探すようにバーミングハムに頼んでもらえませんか」グレアムは言った。「猫が傷つけられたのなら、子供が見つけたときには手遅れで、庭に埋めたのかもしれない。猫の習性は知ってますよね。死ぬときには姿を消す。犬は家に戻ってくる。それから、首輪をつけていたかどうかも訊いてもらえますか」

「メタンガス検知器がなければFBIから送ると伝えてくれ」クロフォードが言った。

「あちこち掘り返さなくてすむから」

スプリングフィールドが要望を伝えた。受話器を置いたとたんにまた鳴った。ジャック・クロフォード宛てだった。ロンバード葬儀場からジミー・プライスがかけてきたのだ。クロフォードはもう一台の電話で受けた。

「ジャック、おそらく親指の一部の指紋が見つかった。掌の一部も」

「ジミー、あんたが天使に思える」

「だろうとも。指のほうは弓状紋だが汚れている。あっちへ戻って、また処理してみるがね。いちばん上の子の左眼についていた。こんなのは初めてだ。見たこともなかったが、銃創による眼の黒色前房出血からはっきりと浮かび上がっていた」

「人物を特定できるか」

「非常にむずかしいな、ジャック。指紋台帳にのってればできるかもしれんが、アイルランドの宝くじみたいなもんだ、わかるだろう。掌のほうはリーズ夫人の左足の親指の爪に残ってた。こっちは比較で使えるだけだ。運がよければ特徴点が六つ見つかるだろう。特別捜査官補が採取に立ち会った。ロンバードもいた。彼は公証人だ。この場で撮った写真もある。こんなところでいいか？」

「葬儀屋の従業員で除外する指紋は？」

「ロンバードと部下全員について、被害者に触れたと申告したかどうかにかかわらず、完全な指紋と掌紋を採った。いまみんな文句たらたらで手を洗ってるよ。ワシントンに帰らせてくれ、ジャック。自分の暗室で作業を続けたい。こっちの水に何が入ってるか、わかったもんじゃないだろう？　亀とかな。

一時間以内にワシントン行きの飛行機に乗って、午すぎには指紋をファクスする」

クロフォードは少し考えた。「わかった、ジミー。だが急いでくれ。それから、コピーをアトランタとバーミングハムの警察と、ＦＢＩの担当部署にも頼む」

「了解。あともうひとつ、そっちできちんと手配してもらいたいことがあるんだがね」

クロフォードは観念したように天井に眼を上げた。「日当に関して嫌なことを聞かせようというんだな？」

「まさに」

「ジミー、今日のあんたの働きにはどれだけ渡しても足りないさ」

グレアムはクロフォードが指紋のことを話しているあいだ、窓の外を見つめていた。

スプリングフィールドは「いやはや、すばらしい」とだけ言った。

グレアムの顔は無表情だった。死刑囚のように閉ざされている、とスプリングフィールドは思った。

彼はグレアムがドアのほうへ歩いていくのをずっと見ていた。


クロフォードとグレアムがスプリングフィールドのオフィスから出たころ、ちょうど公安委員長の記者会見が終わった。新聞記者たちがロビーの電話に駆けつけ、テレビのレポーターは〝カットアウェイ〟の収録でそれぞれカメラのまえに立ち、会見で聞いたなかで最良の質問をして中空にマイクを伸ばしていた。あとでそれを、公安委員長の答える映像のすぐまえに挿入するのだ。

クロフォードとグレアムが建物正面の階段をおりはじめると、ふいに小柄な男が彼らのまえに走り出て振り返り、写真を撮った。カメラのうしろから男の顔が飛び出した。

「ウィル・グレアム！」男は言った。「憶えてるかな――フレディ・ラウンズだ。タトラー紙でレクター事件の取材をした。ペーパーバックにもなった」

「憶えてる」グレアムは言い、クロフォードとそのまま階段をおりつづけた。ラウンズは横向きで彼らのまえをおりた。

「いつ呼び出されたんだい？　どんな情報をつかんでる？」

「あんたとは話さない、ラウンズ」

「今度のやつはレクターと比べてどう？　どんなひどいことを――」

「ラウンズ」グレアムの声が大きくなったので、クロフォードがふたりのあいだに入った。「ラウンズ、あんたの書くことは嘘まみれで、ナショナル・タトラーは尻ふき紙だ。近寄るな」

クロフォードがグレアムの腕をつかんだ。「失せろ、ラウンズ。さっさと行け。ウィル、朝食にしよう。さあ来いよ」ふたりは角を曲がり、早足で歩いた。

「申しわけない、ジャック。あいつには我慢ならなくて。ぼくが入院してたときに病室にまで入りこんで――」

「知ってる」クロフォードは言った。「叱りつけてやった。だいぶ懲りたはずだがな」

クロフォードも、レクター事件解決時にナショナル・タトラー紙にのった写真を憶えていた。グレアムが眠っている病室にラウンズが忍びこみ、シーツをめくって、一時的に人工肛門をつけていたグレアムを撮ったのだ。新聞はグレアムの股間を黒い四角で隠す修正をほどこして発行された。見出しは〝蛮勇の捜査関係者〟。

食堂は明るく清潔だった。まだ怒っているグレアムの手が震え、コーヒーが受け皿にこぼれた。

グレアムは、クロフォードの煙草が隣のブースのカップルを困らせているのに気づいた。カップルは押し黙って食べており、恨めしい思いが煙と入り混じっていた。見たところ母と娘の女性ふたりが入口近くのテーブルで口論していた。低い声で話しているが、顔が怒りで醜くゆがんでいた。グレアムは自分の顔や首にも彼らの怒りを感じた。

クロフォードが、午前中にワシントンの法廷で証言しなければならないと不満をもらしていた。数日そちらにかかりきりになるかもしれない、と。新しい煙草に火をつけ、炎越しにグレアムの手と顔色をうかがった。

「アトランタとバーミングハムが、親指の指紋をそれぞれの性犯罪者の記録と照合する」クロフォードは言った。「われわれもだ。プライスは過去にもファイルから一致する指紋を見つけ出したことがあったからな。今回の指紋を〈ファインダー〉に取り入れる。きみが去ったあと、ずいぶん進歩があったんだ」

FBIの自動指紋読取・照合装置〈ファインダー〉が、新たに登録される親指の指紋を、まったく無関係な別の事件と結びつけるかもしれない。

「逮捕すれば指紋と歯型で片がつく」クロフォードは言った。「いまのわれわれの課題は、犯人がどういう人間なのか理解することだ。捜査網を大きく広げなければならない。さあ、聞かせてくれ。有力な容疑者を捕まえたとしよう。きみがやってきて、そいつを見る。どういう男だったら驚かないかね？」

「わからないんです、ジャック。くそ、そいつの顔が見えない。勝手に作り出した人物像で延々と時間を費やしてしまうかもしれない。ブルームとは話しました？」

「ゆうべ電話で話したよ。犯人は自滅的なタイプではないだろうと言っていた。ハイムリッヒも同意見だ。ブルームがここに来たのは初日の数時間だけだったが、彼もハイムリッヒも関連資料はすべて見ている。ブルームは今週、博士号の候補者の試験中でね。きみによろしくと言ってたよ。シカゴ大学の彼の番号は知ってるか」

「知ってます」

グレアムはアラン・ブルーム博士が好きだった。小柄で丸々と太り、悲しい眼をした優秀な司法精神医学者だ——いちばん優秀かもしれない。グレアムは、ブルーム博士が彼にいっさい職業的興味を示さないことに感謝していた。精神科医のなかには、そうでない者もいる。

「ブルームは〝歯の妖精〟からこちらに連絡があっても意外ではないと言っている。われわれに手紙をよこすかもしれない」クロフォードは言った。

「寝室の壁にね」

「犯人の体のどこかに醜いところがある、または本人がそのように信じている可能性もあるということだ。あまりそこに重点を置かないように、とも言ってたがね。〝架空の人物を追わせたくはない、ジャック〟と。〝脇道にそれてしまうだろうし、捜査活動が拡散する〟。大学院でそういう言い方を教わったらしい」

「彼は正しい」とグレアム。

「犯人について話せることがあるんじゃないか？　指紋を見つけたんだから」クロフォードは言った。

「あれは壁に証拠が残ってたからですよ、ジャック。ぼくの手柄じゃない。いいですか、ぼくにあまり期待しないでください」

「とにかく捕まえる。捕まえられるのはわかってるだろう、え？」

「ええ、どちらかの方法で」

「どちらかとは？」

「まず、われわれが見逃していた証拠を見つける」

「もうひとつは？」

「やつが何度も犯行をくり返し、ついに侵入するときに大きな音を立てて、家の主が銃で応戦するのが間に合う」

「ほかに可能性は？」

「どこかの混み合った部屋でぼくがそいつを見つけるとでも？　無理です。歌手のエッィオ・ピンツァみたいに目立つならいざ知らず。〝歯の妖精〟は、われわれがもっと利口になるか、幸運に恵まれるまでずっと犯行を続けます。決してやめない」

「なぜ？」

「完全に味を占めてしまったから」

「ほら、わかってるじゃないか」クロフォードは言った。

グレアムはそこから歩道に出るまで無言だった。「次の満月まで待てばいい」彼はクロフォードに言った。「そしたら、ぼくがどれくらい彼について知っているかわかるでしょう」

グレアムはホテルに戻り、二時間半眠った。正午に目覚めてシャワーを浴び、コーヒーとサンドイッチを注文した。次はバーミングハムのジャコビ家の資料の検討だった。読書眼鏡をホテルの石鹸で洗い、資料を持って窓際の椅子に落ち着いた。最初は数分おきに、廊下の足音や、遠くのエレベーターのドアが開閉する重い音など、あらゆる音に反応して顔を上げていたが、やがて資料だけに没頭した。

食事のトレイを持った給仕がドアをノックして、待った。再度ノックして待った。ついにドアの外の床にトレイを置き、請求書には自分でサインをした。

4

ジョージア電力の検針員、ホイト・ルイスは路地の大木の下にトラックを停め、座席にもたれて弁当箱を開いた。自分で詰めた弁当だから、うれしくもなかった。小さなメッセージが入っているわけでもなく、意外なお菓子で驚くこともない。

サンドイッチを半分食べたとき、耳元で大きな声がして跳び上がった。

「今月おれは電気を千ドル使ったんだよな。だろう？」

ルイスが横を向くと、トラックの窓の外にH・G・パーソンズの赤ら顔があった。パーソンズはバミューダパンツをはき、庭箒を持っていた。

「いまなんと言いました？」

「おれが今月電気を千ドル使ったって言うつもりだろ。聞こえなかったのか」

「いくら使ったかはわかりません。まだメーターを見ていないので、ミスター・パーソンズ。見たらそれをこの紙に書き留めます」

パーソンズは請求額の大きさに文句を言っていた。かつて電力会社に、均等割当で請求するなと苦情を申し立てたことがあった。

「自分の使用量ぐらいわかってる」パーソンズは言った。「公益事業委員会にも話を持っていくからな」

「いっしょにメーターを見ます？　いま行きますから――」

「メーターの読み方ぐらい知ってる。あんただって読めるさ、ちゃんと時間をかけて丁寧に見れば」

「ちょっと待ってください、パーソンズ」ルイスはトラックから出た。「いい加減にしてほしいな。去年あなたはメーターに磁石をくっつけた。奥さんがあなたは入院中だと言ったから、こっちで磁石をはずして眼をつぶったけど、このまえの冬、メーターに糖蜜を入れたときには、さすがに報告しました。会社がメーターの弁償を求めてあなたが支払ったのは知ってます。

そもそもあなたが勝手にいろいろ配線したあと請求額が跳ね上がったんです。口を酸っぱくして言ったでしょう、あの家はどこかで電気がもれてるって。なのにあなたは電気技師に診てもらったか？　いや、うちの事務所に電話して、さんざんぼくの悪口を言うだけだ。もうあなたにはうんざりだ」ルイスは怒りで青ざめていた。

「真相を突き止めてやる」パーソンズは路地を自分の庭のほうへ引き返しながら言った。「あんたは調査されてるからな、ミスター・ルイス。誰かがあんたの巡回ルートを先読みしてまわってるのを見かけたんだから」とフェンス越しに言った。「もうすぐあんたも、みんなみたいに机にかじりつく仕事だな」

ルイスはトラックのエンジンをかけ、路地を進んだ。昼食を終わらせるために別の場所を探さなければならない。それが残念だった。あの大木の木陰は長いあいだ、弁当を広げるのに絶好の場所だったのだが。

そこはチャールズ・リーズの家のすぐ裏だった。

午後五時三十分、ホイト・ルイスは自分の車で〈クラウド・ナイン・ラウンジ〉に乗りつけ、心を慰めるためにビール割りのウイスキーを何杯か飲んだ。

別居中の妻に電話をかけたが、思いついたことばは「きみがいまも弁当を作ってくれればな」だけだった。

「もっと早く気づけばよかったわね、お利口さん」彼女は言って、電話を切った。

ジョージア電力の架線作業員数人と通信指令係を交えて、暗い気分でシャッフルボードをしながら、人混みを見渡した。くそ航空会社の職員たちがクラウド・ナインに集まりはじめていた。みな同じ口ひげを生やし、小指に指輪をはめている。店にイギリスふうのくそダーツボードが備えられるのも時間の問題だろう。この世に頼れるものはない。

「よう、ホイト。ビール一本賭けて勝負するか」声の主は上司のビリー・ミークスだった。

「ああ、ビリー、話があったんです」

「なんだ？」

「いつも苦情の電話をかけてくるパーソンズって最低の爺がいますよね？」

「先週もかけてきたよ、じつは」ミークスは言った。「彼がどうした？」

「ぼくの巡回ルートを先読みしてまわってる人間がいると言ってました。まるでちゃんとまわってないんじゃないかと誰かが疑ってるみたいに。あなたはまさか、ぼくが自宅でメーターの数字をでっち上げてるとは思ってませんよね？」

「思ってないよ」

「本当に？　いやつまり、自分が誰かのブラックリストにのってるのなら、面と向かって言ってもらいたいだけで」

「きみがおれのブラックリストにのってたとしよう。そのことを面と向かって伝えるのをおれが怖れると思うか？」

「いいえ」

「ならいい。誰かがきみのルートを調査してるなら、おれにはわかる。そういう状況は上司がかならず把握することになってる。だから誰もきみのことは調べてないよ、ホイト。パーソンズなんか気にするな。ただの年寄りの思いこみだから。先週の電話では〝おめでとう。ようやくホイト・ルイスに目をつけたか〟と言ってたが、おれは相手にしなかった」

「メーターのことであいつを訴えられればいいんだけど」ルイスは言った。「今日も路地の木の下でひと息入れて弁当食おうとしてたら、いきなり難癖つけてきたんですよ。一回ビシッとお仕置きしてやらないと」

「おれも巡回をしてたときには、あそこでよく休んだものさ」ミークスは言った。「ここだけの話、一度か二度、あの裏庭でリーズ夫人が日光浴をしてたことがあってな――いや、故人だからあまり話すのはよくないかもしれないが――あの水着姿といったら。ふうー。股の上のあのふくらみが可愛いのなんの。じつに悲しい事件だ。いい奥さんだった」

「誰か捕まったんでしたっけ」

「まだだ」

「通りの先でパーソンズの爺が首洗って待ってるのに、リーズ家がやられるとは、本当に残念ですよ」ルイスは言った。

「だがな、おれだったら水着姿の女房を裏庭に寝そべらせたりしないね。うちのかみさんは〝馬鹿な《シリー》ビリー、誰が見るっていうの〟って反応だったが、どんないかれポンチがあそこ丸出しで垣根を跳び越えてくるかわからないんだから、と説き伏せたよ。きみは警察から質問されたか？　誰か見なかったかとか」

「ええ、あそこを巡回している人間は全員訊かれたと思います。郵便配達員とか、みんな。でもぼくは一週間ずっと、ベティ・ジェイン・ドライブの反対側のローレルウッドをまわってましたから。今日から替わったんです」ルイスはビールのラベルをいじった。

「先週、パーソンズから電話があったと言いましたよね」

「ああ」

「だったら、やつは誰かがメーターを読んでるところを見たにちがいない。今日ぼくにからむために話をでっち上げたのなら、先週電話するはずないから。あなたは誰も送りこまなかったんですよね。もちろん、やつが見たのはぼくでもない」

「サウスイースタン電話会社が何か調べていたのかもしれない」

「たしかに」

「だが、電柱はうちと共用ではない」

「警察に連絡したほうがいいかな」

「連絡しても害はないな」ミークスは言った。

「そう、パーソンズのためにもなるでしょう、警察と話をするってのは。パトカーが家のまえに乗りつけたら、ちびるほど震え上がりますよ」

5

グレアムは夕方にリーズ家に戻った。正面のドアから入り、殺人者が残した破壊の跡は見ないようにした。これまで資料を読み、殺人現場と死体を見た――すべて事件後のことだ。家族が死んだときの様子はかなりわかった。この日知りたかったのは、彼らが生きていたときの様子だった。

調査するしかない。ガレージには、使いこまれてしっかりと整備された高級スキーボートとステーションワゴンがあった。ゴルフクラブとトレイルバイクも。電動工具はほとんど新品だった。大人の玩具だ。

グレアムはゴルフバッグからウェッジを一本取り出したが、長すぎるシャフトを短く持たなければならなかった。ぎこちなく一度スイングしたあと、バッグをまた壁にもたせかけると、ふわりと革のにおいがした。チャールズ・リーズの持ち物だ。

グレアムは家のなかでチャールズ・リーズを追いつづけた。書斎には狩猟の版画。ずらりと並んだ西洋文学の書物。サウス大学《スワニー》の年報。本棚には、H・アレン・スミス、ペレルマン、マックス・シュルマンもあった。ヴォネガットとイーヴリン・ウォーも。C・S・フォレスターの『パナマの死闘』が机の上に開いていた。

書斎のクロゼットには立派なスキート銃、ニコンのカメラ、ボレックス・スーパー・エイト8ミリカメラと映写機。

ベーシックな釣り道具と中古のフォルクスワーゲン、ワインのモンラッシェ二ケースぐらいしか所有していないグレアムは、大人の遊び道具の数々に軽い嫌悪を覚え、なぜだろうと思った。

リーズは何者だったのか。成功した税理士、スワニーのフットボール選手、よく笑う、手足の長い男、喉を切られても立ち上がって闘った男。

グレアムは奇妙な義務感から、リーズを追って家のなかをまわった。リーズ夫人について調べる許可を得たければ、まず夫について知らなければならなかった。

グレアムは夫人が怪物を引き寄せたと感じていた。それは、コオロギが鳴き声で赤眼のニクバエを引き寄せて殺されるのと同じくらい確かなことだった。

では、リーズ夫人だ。

彼女は二階に小さな化粧室を持っていた。グレアムは主寝室を見まわさずに、どうにかそこにたどり着いた。黄色い部屋で、化粧台の上の鏡が割れているほかにとくに乱れはないようだった。クロゼットのまえの床に〈L・L・ビーン〉のモカシンがいま脱いだばかりのように置かれていた。夫人のドレッシングガウンは、見たところ無造作にフックにかけられ、クロゼットは、ほかにも整理すべきクロゼットがたくさんある女性らしく、多少散らかっていた。

化粧台に置かれたプラム色のビロードの箱に、リーズ夫人の日記が入っていた。鍵は箱の蓋にテープで留めてあり、警察の保管室の札がついていた。

グレアムは華奢な椅子に腰をおろして、日記の適当なページを開いた。

十二月二十三日（火）ママの家。子供たちはまだ寝ている。ママがガラス張りのサンルームを作ったときには、家の外観が嫌な感じに変わったと思ったけれど、できてみるととても居心地がよく、ここに暖かく坐って外の雪を眺めることができる。ママが家いっぱいに孫たちを集めるクリスマスを、あと何回すごせるだろう。数えきれないほどであってほしい。

昨日のアトランタからのドライブは、ローリーから雪になってたいへんだった。のろのろ運転。わたしはいずれにしろ、みんなの準備で疲れていた。チャペル・ヒルを出たところでチャーリーが車を停めて、外に出た。木の枝から氷柱をもぎ取って、わたしにマティーニを作ってくれた。雪のなかで長い脚を引き上げながら車に戻ってくると、髪とまつげに雪がついていて、わたしは彼を愛していることを思い出した。かすかな痛みとともに何かが割れて、温かいものがあふれ出す感じだった。

あのパーカのサイズがチャーリーに合うといいけど。彼からあのダサい指輪を贈られたら死にそう。マデリンが自分の指輪を見せびらかして騒いでいるのを見ると、脂肪ぶくれのお尻を蹴り飛ばしてやりたくなる。くすんだ氷の色をした、ばかばかしいほど大きなダイヤモンドが四つ。氷柱はきれいに透き通っている。太陽の光が車の窓から入ってきて、氷柱の欠片の飛び出しているところが小さなプリズムになった。グラスを持っていたわたしの手に、赤と緑の光点ができた。この手の上に色を感じることができた。

クリスマスには何が欲しいと訊かれたので、チャーリーの耳のまわりに手を当てて囁いた――あなたの大きなあそこに決まってるでしょ、お馬鹿さん、できるだけ深くね。

彼の頭のうしろの禿げているところが赤くなった。子供たちに聞こえたのではないかといつも心配するのだ。男の人って囁き声は外に聞こえると思ってるみたい。

ページに刑事の葉巻の灰が散っていた。

薄くなる光のなかで、グレアムは読みつづけた。娘の扁桃腺の摘出手術、六月に自分の胸に小さなしこりを見つけたときの恐怖（〝ああ、神様、子供たちはまだあんなに小さいのに〟）。三ページあとで、しこりは簡単に除去できる良性の嚢胞であることがわかっていた。

今日午後、ジャノヴィッチ先生がわたしを解放してくれた。わたしたちは病院をあとにして湖に向かった。しばらくぶり。時間って本当に足りない。チャーリーがアイスバケットにシャンパンを二本用意していて、わたしたちはそれを飲み、アヒルに餌をやり、陽が沈むのを見ていた。彼はわたしに背中を見せて水際に立っていた。少し泣いてたんじゃないかな。

スーザンが言うには、わたしたちが病院からもうひとり弟を連れて帰ると思ったから怖かったって。ああ、わが家！

寝室で電話が鳴るのが聞こえた。カチッと音がして留守番電話がうなりはじめた。

「ハロー、ヴァレリー・リーズです。残念ながら、いま電話に出られません。トーンのあとでお名前とお電話番号を残していただければ、折り返し連絡いたします。ありがとう」

グレアムは、信号音のあとでクロフォードの声がするものとなかば期待したが、ダイヤルトーンしか聞こえなかった。相手はもう切っていた。

彼女の声は聞いた。今度は姿を見たくなった。グレアムは書斎におりていった。


彼のポケットには、チャールズ・リーズのスーパー・エイト映画フィルムのリールが入っていた。亡くなる三週間前、リーズはそれをドラッグストアに預けていた。ドラッグストアは現像を外注していたが、結局リーズは受け取りにいけなかった。警察が彼の財布に預かり証を見つけ、ドラッグストアからフィルムを回収した。刑事たちは、同時に現像したスナップ写真といっしょにそのホームムービーも見ていたが、とくに興味深い点はなかった。

グレアムは生きているリーズ一家が見たかった。警察署で映写機を使えばいいと言われたが、彼は犯行現場の家で見たいと応じた。刑事たちはしぶしぶ保管室からフィルムを貸し出した。

グレアムは書斎のクロゼットでスクリーンと映写機を見つけ、それぞれ設定して、チャールズ・リーズの大きな革張りの肘かけ椅子に腰をおろし、見はじめた。肘かけにのせた掌の下にねばねばするものがあると思ったら、子供のべたつく指紋に綿埃がついていた。手にキャンディのにおいが移った。

短くて音声のない、愉しいホームムービーだった。たいていのムービーより想像力を働かせていた。それはまず犬から始まった。灰色のスコティッシュテリアが書斎の敷物の上で寝ている。撮影の騒ぎに束の間眠りを妨げられ、顔を上げてカメラを見るが、また眠りはじめる。依然寝ている犬の揺れるカット。テリアがピンと耳を立て、立ち上がって吠え、台所に駆けこむのをカメラが追う。犬は期待に満ちてドアのまえに立ち、体を震わせ、短く太い尻尾を振っている。

グレアムも下唇を噛んで待った。画面では、ドアが開いてリーズ夫人が食料品の包みを抱えて入ってきた。驚いて眼をぱちくりさせ、笑って、空いた手で乱れた髪を整えた。歩いて画面から出ていくときに唇が動いていた。そのあとから小さな袋を抱えた子供たちが入ってきた。女の子は六歳、男の子は八歳と十歳。

弟のほうがどうやら撮影に慣れていて、自分の耳を指差し、ぴくぴくと動かしてみせた。カメラはかなり高い位置にあった。検死報告によれば、リーズの身長は百九十センチだ。

ムービーのこの部分は早春に撮られたにちがいないとグレアムは思った。子供たちはウィンドブレーカーを着ていて、リーズ夫人の肌は白い。死体安置所にいた彼女はずいぶん陽焼けして、水着の跡がついていた。

地下室で少年たちが卓球をし、妹のスーザンが自分の部屋でプレゼントを包む、短いシーンが続く。スーザンは舌を上唇に当てて手元に集中し、額に髪の毛がひと筋垂れかかっている。ふっくらした手でその髪をうしろにやる仕種は、母親が台所でやる仕種とそっくりだ。

次の場面では、スーザンがバブルバスに入って、小さなカエルのようにうずくまっている。頭には大きなシャワーキャップ。カメラの位置は低くなり、焦点が定まらないから、明らかに兄による撮影だ。その場面は、スーザンが無音でカメラに叫んで六歳の胸を隠し、シャワーキャップが眼の上にずり落ちるところで終わった。

息子に負けじとリーズもシャワー中の夫人を驚かしていた。シャワーカーテンが、小学校の学芸会で開くまえの幕のように揺れたりふくらんだりした。リーズ夫人の腕がカーテンの向こうから出てきた。大きなバススポンジをつかんでいる。その場面はレンズが石鹼の泡でぼやけて終わった。

ムービーは、テレビでしゃべっている伝道師ノーマン・ヴィンセント・ピールからカメラが移動して、いまグレアムが坐っている椅子でいびきをかいているチャールズ・リーズを映して終わりだった。

グレアムはスクリーンの四角い光を見つめた。リーズ一家のことが好きになった。死体安置所で出会ったのが残念だった。彼らを訪ねた犯人も好きだったのかもしれない。だが、狂った男はいまの状態の彼らのほうが好きなのだろう。


疲れきって、ものが考えられなくなった気がした。グレアムはホテルのプールで脚に力が入らなくなるまで泳いだ。水から出たときには同時にふたつのことを考えていた——タンカレーのマティーニと、モリーの口の味を。

プラスチックのコップに自分でマティーニを作って、モリーに電話をかけた。

「やあ、美人さん」

「まあ、ベイビー！　いまどこ？」

「アトランタの安ホテルさ」

「世のために働いてる？」

「だとしてもきみは気づかない。寂しいよ」

「わたしも」

「抱きしめたい」

「わたしも」

「きみのことを話して」

「今日はミセス・ホルパーとひと悶着あったの。お尻のところに馬鹿でかいウイスキーの染みのついたワンピースを返品しようとしたから。どう考えても、青年会議所みたいなところにあれを着ていったのよ」

「それできみは？」

「お売りしたときにはこうなっていませんでしたって」

「で、彼女は？」

「これまでワンピースを返品しても何も問題なかった、だから知ってるほかの店じゃなくて、この店で買ったのよ、と」

「で、きみは？」

「腹が立つと言ってやったわ。いまの誰かさんのまぬけな質問のしかたにもね」

「なるほど」

「ウィリーは元気。犬が亀の卵を掘り返したから、また埋めてる。そっちは何をしてるの？」

「調書を読んだり、ジャンクフードを食ったり」

「ずっと考えてるのね」

「そう」

「手伝おうか？」

「確実なものが何ひとつないんだ、モリー。情報が足りない。いや、情報は山ほどあるけど、充分処理できてない」

「しばらくアトランタにいるの？　早く帰ってきてとせっつくわけじゃないけれど、どうなのかなと思って」

「どうかな。少なくともあと数日はかかる。会いたいよ」

「ファックのこと話したい？」

「我慢できなくなりそうだ。やめといたほうがいいかな」

「やめるって何を？」

「ファックのことを話すのを」

「わかった。でも考えるのはいいわよね」

「もちろんだ」

「家に新しい犬が増えたの」

「なんてこった」

「バセットハウンドとペキニーズのミックスみたい」

「すばらしい」

「タマタマが立派なの」

「そういうことは考えないように」

「地面を引きずりそう。走るときには引き上げないとね」

「そんなことはできない」

「できるわよ。あなた、知らないの？」

「知ってる」

「あなたは自分のを引き上げられる？」

「そうくると思った」

「で？」

「知りたいなら言うけど、一度引き上げたことがある」

「それはいつ？」

「若いとき。有刺鉄線のフェンスを急いで越えなきゃならなかった」

「なぜ？」

「自分が育ててないスイカを運んでたんだ」

「逃げてたの？　誰から？」

「知り合いの養豚業者から。犬が吠えたんで、その男が鳥撃ち銃を持って家から下着姿で飛び出してきた。幸い、ライマメの支柱に足を引っかけて転んでくれたから、こっちも助走をつけることができた」

「あなたを狙って撃ってきたの？」

「そのときにはそう思った。でもあの銃声は自分のおならだったのかもしれない。いまだに真相はわからない」

「フェンスは越えられたの？」

「簡単にね」

「そんな歳から犯罪者の素質があったんだ」

「素質なんてないよ」

「わかってるわ、もちろん。台所の塗り替えをしようかと思うの。どんな色が好き？　ウィル？　どんな色が好き？　聞いてる？」

「ああ、そう、黄色かな。黄色にしよう」

「黄色はわたしと相性が悪いの。朝食のときに顔が緑に見えるから」

「だったら青だ」

「青は冷たい」

「まったく、面倒臭いな、なら赤ん坊のうんちの茶色に塗りなよ……いや、待って。それほどかからずに家に帰れるから、そのあといっしょにペンキ屋に行って色見本とかいろいろ仕入れよう。どうだい？　新しいローラーなんかも」

「そうしましょう。ローラーも何本か買わないと。なんでこんな話してるのかしら。ねえ、愛してる。早く会いたい。あなたは正しいことをしてる。でも、それがあなたにとってつらいのもわかってる。わたしはここにいる。あなたが戻ってくるときには、かならずいる。そして、いつ、どこに会いにいってもいい。そういうこと」

「愛しいモリー。愛しいきみ。さあ、そろそろベッドだ」

「わかった」

「おやすみ」

グレアムは両手を頭のうしろにまわしてベッドに寝転がり、モリーと食べるディナーを思い浮かべた。ストーンクラブにサンセール・ワイン、微風が運ぶ潮の香りがワインに混じる。

しかし、会話の粗探しをするのが彼の悪い癖で、またそれをやりはじめた。さっきはモリーの悪意のない〝犯罪者の素質〟ということばに嚙みついてしまった。愚かだ。

グレアムは、モリーの彼に対する興味はだいたいにおいて説明がつかないと思った。アトランタ市警本部に電話をかけ、スプリングフィールドに、翌朝の聞きこみを手伝いたいと伝言を残した。ほかにすることもない。ジンのおかげでどうにか眠れた。

6

リーズ事件に関する全通話記録をコピーした薄紙の束が、バディ・スプリングフィールドの机に置かれていた。火曜の朝七時にスプリングフィールドがオフィスに到着したときには六十三件あり、いちばん上の一枚に眼を惹かれた。

バーミングハム市警がジャコビ家のガレージの裏に、靴の箱に入った猫が埋められているのを見つけたという内容だった。猫は指のあいだに花を一輪挟み、布巾で包まれていた。靴の箱の蓋には子供の手で猫の名前が書かれていた。首輪はなかった。箱の蓋は縦結びの紐で留められていた。

バーミングハムの鑑識によると、猫は絞め殺されていた。毛を剃ってみたが、刺し傷はなかった。

スプリングフィールドは眼鏡のつるを自分の歯に打ちつけた。

バーミングハムの警官たちは地面の土の柔らかいところを見つけ、シャベルで掘って

ンガス検知器など必要なかったが、それでもグレアムの読みは正
いた。やや
事部長は親指をなめて残りの紙をめくりはじめた。ほとんどはまえの週に近所で目撃された不審車の情報で、車の型や色だけをあいまいに知らせていた。四件の匿名電話は、アトランタ市民にリーズ家と同じことをしてやると告げていた。

ホイト・ルイスからの通報が山のなかほどにあった。

スプリングフィールドは夜勤の指令係に電話をかけた。

「このパーソンズという人物に関する検針員からの通報はどうした？　四十八番だが」

「ゆうべ公共事業会社に連絡しました、部長。問題の路地に誰か送りこんだか調べてもらっています」指令係は言った。「今朝その結果が入ってくるはずですが」

「いますぐ彼らにもう一度連絡してもらえるか？」スプリングフィールドは言った。「ゴミ収集員や市の土木技師にも確認してくれ。その路地に何か建築許可が出ていたかも。わかったら私の車に連絡してほしい」

スプリングフィールドはグレアムの電話番号にかけた。「ウィル？　十分後にきみのホテルのまえで会えるかな。そこから少々車で移動だ」

午前七時四十五分、スプリングフィールドは路地の端近くに車を停めた。彼とグレア

ムは、砂利についた轍のあいだを並んで歩いた。朝早いのにすでに陽差しが暑かった。

「帽子を買わないとな」スプリングフィールドは言った。彼自身はしゃれた麦藁帽を目深にかぶっていた。

リーズ家の敷地の裏にある金網フェンスは蔓草で覆われていた。ふたりは電柱についた電気メーターのところで立ち止まった。

「犯人がこちらから近づけば、家の背面全体を見ることができた」スプリングフィールドが言った。

わずか五日間でリーズ家の地所には見捨てられた感じが漂いはじめていた。芝生にはむらができ、ネギのような雑草がそこここで飛び出し、庭には小枝が落ちていた。グレアムは枝を拾いたくなった。家は眠っているようで、格子で仕切られたポーチには朝陽を受けた木々の長い影が縞模様やまだら模様を作っていた。スプリングフィールドと路地に立ったグレアムには、自分が裏窓から家のなかをのぞきこみ、ポーチの扉を開けるところが見えた。不思議と陽光のなかでは、殺人者が家に侵入する場面は再現されなか
「あれ アムは子供のブランコが風にゆっくりと揺れるのを見た。

H・G・パーズのようだ」スプリングフィールドが言った。

外に出て、二軒先の自宅の裏庭で花壇を耕していた。ス

プリングフィールドとグレアムはパーソンズ家の裏門まで歩いていき、ゴミ容器のうしろに立った。容器の蓋は鎖でフェンスにつながれていた。

スプリングフィールドは巻き尺で電気メーターの高さを測った。

彼はリーズ家の近所の全員についてメモをとっており、パーソンズのところには、上司の要求により郵便局を早期退職したと書かれていた。上司によれば、パーソンズは〝ぼんやりすることが増えていた〟。

スプリングフィールドのメモにはゴシップも含まれていた。隣人たちの噂では、パーソンズの妻は可能なかぎりメイコンにいる妹と暮らしていて、息子がパーソンズを訪ねてくることもなくなったという。

「ミスター・パーソンズ、ミスター・パーソンズ」スプリングフィールドが呼ばわった。

パーソンズが四本鍬を家に立てかけて、フェンスに近づいてきた。白い靴下にサンダルをはいていた。土と草で靴下の爪先が汚れている。顔は紅潮して輝いていた。

動脈硬化か、とグレアムは思った。薬をのんだところなのだ。

「なんだい？」

「ミスター・パーソンズ、ちょっとお話しできますか。役に立つ情報をお持ちではないかと思うのですが」スプリングフィールドは言った。

「あんたら電力会社の人か？」

「いいえ、アトランタ市警のバディ・スプリングフィールドと言います」

「なら殺人事件の捜査か。家内とおれはメイコンにいたよ、こないだお巡りさんに言ったとおり――」

「わかっています、ミスター・パーソンズ。電気メーターについてうかがいたいのですが、あなたは――」

「メーターに不正行為をしたって、あの……検針員が言ったんなら――」

「いえいえ、ミスター・パーソンズ、あなたは先週、不審な人物がメーターを読んでいるのを見ましたか」

「いいや」

「確かですか。ホイト・ルイスに、その人物が先にメーターを読んでいたとおっしゃったはずですが」

「言ったよ。やっとみんな動きはじめたか。おれはずっと注意してる。何もかも公益事業委員会に報告してやる」

「たいへんけっこう。彼らがきちんと処理するでしょう。ところで、あなたのメーターを読んでいたのは誰です？」

「変なやつじゃない。ジョージア電力の人だったよ」

「どうしてわかるんです」

「いかにも検針員に見えたから」

「何を着てました？」

「あの連中が着てる服だろうよ。なんだっけ、茶色い服と帽子と」

「顔は見ました？」

「見ても憶えてない。台所の窓から外を見てたときだから。話しかけようと思ったけど、ローブを着なきゃならなかった。で、外に出たときにはもういなかった」

「トラックに乗ってました？」

「見た憶えがないな。どうしたんだよ。なんで知りたい？」

「先週この界隈を訪れた人を全員調べているのです。非常に重要なことなんですが、ミスター・パーソンズ、なんとか思い出してもらえませんか」

「つまり殺人事件がらみなんだな。まだ誰も逮捕してないんだろう？」

「ええ」

「ゆうべ通りを見てたんだが、十五分ものあいだパトカーが一台も通らなかったぞ。そっとするぜ、リーズ家に起きたことを考えると。家内は狂ったようになってる。あの家、誰が買うんだい？　こないだ黒いやつらが見学してたけど。ほら、リーズ家とは、あのガキどもの件で何度か話さなきゃならなかったが、まあまともな家族だったから。もちろん、こっちが芝生のことで何か言ってやっても、旦那は何もしなかったけどね。雑草退治についちゃ農務省がめちゃくちゃいいパンフレットを作ってる。しょうがないから、そいつをあの家の郵便受けに入れてやった。正直言って、旦那があのネギを刈ったときには、こっちはにおいで窒息しそうになった」

「ミスター・パーソンズ、路地でその男を見たのは正確に何時でした？」スプリングフィールドは訊いた。

「さあね、思い出そうとはしてるんだが」

「一日のいつごろだったか憶えていませんか。午前中？　午ごろ？　それとも午後？」

「いちいち教えてもらわなくても言い方は知ってる。たぶん午後だ。思い出せん」

スプリングフィールドは首のうしろをこすった。「申しわけありませんが、ミスター・パーソンズ、ここはどうしても正確を要するところなのです。お宅の台所にうかがって、どこから彼を見たか教えていただくわけにはいきませんか」

「身分証を見せてくれ、ふたりとも」

家のなかは静かで、どこの表面も輝き、死んだような雰囲気だった。清潔。清潔。ぼやけはじめた人生で年寄り夫婦が懸命に守ろうとしている秩序。

グレアムは、外に残っていればよかったと思った。食器棚の抽斗には、磨いてはあるが先に卵の残ったフォークやナイフが入っているにちがいない。

つべこべ考えずに、さっさと爺さんから情報を引き出せ。

台所の流し台の上の窓からは裏庭がよく見えた。

「ほら。満足したかい？」パーソンズが言った。「ここからちゃんと見えるだろう。そいつとは話もしてないし、顔形も憶えてない。気がすんだら帰ってくれ。こっちにはやることがたくさんあるんだ」

グレアムが初めて口を開いた。「ローブを取りにいって、戻ったときには彼はいなかったとおっしゃいましたよね。つまり、服を着ていなかった？」

「そう」

「真っ昼間に？　具合でも悪かったのですか、ミスター・パーソンズ？」

「家でどうすごそうと、こっちの勝手だ。着たけりゃカンガルーの着ぐるみだって着てやる。なんで出ていって犯人を捜さない？　ここのほうが涼しいからか？」

「退職されたのは知っています、ミスター・パーソンズ。もちろん毎日服を着る必要はありません。たいてい裸でいるわけですね？」

パーソンズのこめかみの血管が盛り上がった。「退職したから毎日服も着ずに閑《ひま》してるってことにはならんだろうが。たんに暑かったから家に戻ってシャワーを浴びたんだよ。働いてたんだ。根覆いをしてたわけ。それを午すぎに終えたんだよ。あんたらが今日一日かけてもまだできないくらいの仕事を」

「何をしていたとおっしゃいました？」

「根覆い」

「根覆いをしたのは何曜日でした？」

「金曜。先週の金曜さ。朝、大量の腐葉土が届いたんで、そいつを……午すぎには全部広げたの。どのくらいの量だったか、なんならガーデン・センターに訊いてみりゃいい」

「それで暑くなって家に入り、シャワーを浴びた。台所で何をしてたんです？」

「アイスティーを作ってた」

「そのために氷を取り出した？　でも冷蔵庫はあそこで、窓から離れている」

パーソンズは窓から冷蔵庫に眼をやり、困惑顔になった。その眼が一日の終わりごろに市場にいる魚の眼のようにぼんやりしたかと思うと、一転勝利に輝いた。彼は流しの横の戸棚に近づいた。

「ここだ。甘味料《スイートン・ロー》を入れてたときに、彼を見たんだった。そうそう。それだけだ。さあ、根掘り葉掘りが終わったんなら……」

「彼はホイト・ルイスを見たんだと思います」グレアムが言った。

「私もだ」スプリングフィールドも同意した。

「あれはホイト・ルイスじゃなかった。ちがう」パーソンズは眼を潤ませていた。

「どうしてちがうとわかるんです？」スプリングフィールドが言った。「ホイト・ルイスだったかもしれない。あなたはたんなる思いこみで――」

「ルイスは陽焼けして茶色い。髪はくすんだ色でてかてかしてるし、あの貧乏臭いもみあげもあるだろ」パーソンズの声が大きくなり、あまりに早口で理解しにくくなった。

「そういうこと。だからもちろん、あいつはルイスじゃなかった。あの男はもっと色が白くて、髪はブロンドだったから。クリップボードに書きこもうとあっちを向いたときに、帽子の下の髪が見えたんだ。ブロンドだよ。首んとこで四角く切りそろえてた」

スプリングフィールドはぴくりとも動かず立っていた。また質問したときの声は、まだ疑っているようだった。「顔はどうです？」

「わからんね。口ひげがあったかもしれないが」

「ルイスみたいに？」

「ルイスに口ひげはないだろ」

「そうだ」スプリングフィールドは言った。「メーターは彼の眼の高さでしたか。それとも見上げなければならなかった？」

「眼の高さだったと思うよ」

「もう一度彼を見たら、同一人物だとわかりますか」

「いや」

「年齢は？」

「年寄りじゃなかった。わからん」

「彼の近くにリーズ家の犬はいませんでした？」

「いなかった」

「ミスター・パーソンズ、私はまちがっていました」スプリングフィールドは言った。「あなたはじつに有益な情報をお持ちだ。もしよろしければ警察の似顔絵担当をよこしますので、そこのテーブルに坐らせて、その男の大まかな風体を伝えていただけませんか。まちがいなくルイスではなかったでしょう」

「新聞に自分の名前がのるのは困る」

「のりません」

パーソンズはふたりを見送りに出てきた。

「庭を見事に手入れされていますね、ミスター・パーソンズ」スプリングフィールドが言った。「何か賞をもらってもおかしくない」

パーソンズは何も言わなかった。顔は赤く、何事か考えているようで、眼は潤んでいた。ぶかぶかの半ズボンとサンダル姿で立ち、ふたりを睨みつけていた。彼らが庭から去ると、パーソンズはまた鍬を取り、猛然と土を耕しはじめた。花などおかまいなしに鍬を突っこみ、腐葉土を芝生の上に跳ね散らした。


スプリングフィールドは車の無線で署に連絡した。殺人の前日に路地を訪ねた職員は、公益事業会社にも市の各課にもいなかった。スプリングフィールドはパーソンズの話した内容を報告し、似顔絵師への指示を伝えた。「まず電柱とメーターを描いて、そこから始めてくれ。目撃者をうまく誘導しながらやるように」

「うちの似顔絵師はあまり家庭訪問はしたがらない」刑事部長はストライプの入ったフォードをなめらかに車の流れに乗せながらグレアムに言った。「自分の仕事を秘書たちに見せるのが好きなんだ。目撃者をうしろに立たせて、描いた絵を自分の肩越しに右や左からのぞかせながらね。だが警察署は、怖がらせる必要のない人間に質問するのにはまったく向かない場所だ。絵ができたら、すぐに近所を一軒ずつまわらせよう。手がかりをつかんだ気がするよ。ほんのわずかな手がかりだが、それでもな。あの頑固おやじを相手にうまくやって、おやじは期待に応えた。これは利用しようじゃないか」

「もし路地にいた男が犯人なら、いままでいちばんの朗報ですね」グレアムは言ったが、自分につくづく嫌気が差した。

「そうだ。要するに、犯人はたんにバスをおりて、ちんぽこの向いたほうに進んだわけじゃないってことだ。あらかじめ計画して、ひと晩街ですごした。数日以内に訪ねる場所がわかってた。なんらかの考えを持ってた。現場を下見して、ペットを殺し、次に家族を殺した。いったいどういう考えだったんだ?」スプリングフィールドはことばを切った。「きみの専門分野だろう?」

「ええ、そうです。誰かの専門分野ということなら、ぼくですね」

「きみがこの種の事件を体験しているのはわかっている。このまえ、レクターについて訊いたときには気が乗らないようだったが、話さざるをえないな」

「わかります」

「彼は全部で九人殺したんだろう?」

「わかっている範囲では。あとふたりは一命を取りとめました」

「そのふたりはどうなった？」

「ひとりはボルティモアで人工呼吸器につながれています。もうひとりはデンヴァーの私立の精神科病院にいます」

「どうして彼はそんなことをしたのだ。どんなふうに狂っていた？」

グレアムは車の窓から歩道にいる人たちを見た。自分の声がよそよそしく聞こえた。手紙の口述筆記でもさせているかのように。「そうするのが好きだったからです。いまも好きだ。レクター博士は狂ってはいません。われわれが〝狂う〟ということばから考えるいかなる意味においても。彼があれほどおぞましいことをしたのは、それを愉しんでいたからですが、本人がその気になれば、完璧にふつうにふるまうこともできる」

「心理学者はそれをどう呼んだ？　つまり、レクターはどこが悪かったのだ」

「社会病質者《ソシオパス》という見立てでしたが、それはほかに言い表わしようがなかったからです。彼らの言う社会病質者の特徴がいくつか見られました。彼には後悔も罪悪感もまったくない。最初の徴候は最悪のかたちで現われていました――子供のころの動物虐待として」

スプリングフィールドは不快そうになった。

「ですが、ほかにはなんの症状もない」グレアムは言った。「放浪癖はないし、法律を犯したことは一度もなかった。おおかたの社会病質者のように浅はかではなく、些末なことにこだわったりもしない。無神経とも言えない。診断のしようがないのです。脳波にはいくらか特異なパターンがあるけれど、そこから何かがわかるほどでもない」

「きみはどう診断する？」スプリングフィールドは訊いた。

グレアムはためらった。

「自分のなかでは、どう呼んでいる？」

「彼は怪物《モンスター》です。ときどき病院で生まれる哀れな赤ん坊のひとりだと思っています。栄養は与え、暖かくしてやっても、機械にはつながないので死んでしまうような。レクターの頭のなかはそれと同じですが、外見は完全にふつうで誰も見破ることができない」

「警察幹部協会にいる友人の何人かはボルティモア出身なんだ。彼らにきみがどうやってレクターを見つけたのか訊いたら、わからないという答えだった。どうやったんだね？　最初にピンと来たのはどういうことだった？　最初に何を感じた？」

「偶然です」グレアムは言った。「六番目の犠牲者は職場で殺されました。木工設備を持っていて、そこに狩猟道具も置いていた。彼はそれらの道具がかかっているペグボードにくりつけられていて、無残に切り裂かれ、刺され、何本も矢を突き立てられていた。その傷を見たときに、ふと何かに似ているなと思ったのです。それが何なのか、はっきりとはわかりませんでしたが」

「そのうちに次の犠牲者が出た」

「ええ。レクターはすごく熱くなっていて、九日間で次の三人を殺しました。でもこの六番目の犠牲者には、腿に二ヵ所、古い傷があった。鑑識医が地元の病院に確認したところ、五年前に弓矢で狩猟をしていたときに木から落ちて意識を失い、矢が一本脚に刺さっていたことがわかったのです。

病院の記録に残っていた医師は外科の研修医でしたが、まず治療にあたったのはレクターでした。緊急治療室の当直医だったのです。彼の名前は入院記録に残っていました。事故からはかなり時間がたっていましたが、矢の傷について不審な点があればレクターが憶えているかもしれないと思い、彼のクリニックに話を聞きにいったのです。藁にもすがる思いでした。

そのころレクターは精神科医になっていました。立派なクリニックでした。アンティークの家具がいくつも置かれていて。レクターは、矢の傷についてはあまり憶えていない、狩猟仲間のひとりが病院に運びこんできたことぐらいだ、と言いました。

ですが、どうも気になったのです。何かレクターが言ったこと、あるいはクリニックにあったものだと思いました。クロフォードとぼくはその件を蒸し返して、ファイルを調べたところ、レクターに前科はなかった。彼のクリニックでしばらくひとりきりになりたかったのですが、証拠が皆無なので捜索令状は取れない。そこでぼくはもう一度、彼に会いにいきました。

その日は日曜で、レクターは日曜に患者と会っていました。待合室にいた数人を除いて、その建物は空っぽでした。レクターはぼくをすぐに迎え入れました。ふたりで話しながら、彼は丁重に協力する姿勢を見せ、ぼくは彼の頭上の本棚にある非常に古い医学書を見上げました。そのときです、彼だとわかったのは。

またレクターを見たとき、ぼくの顔つきが変わっていたのかもしれない。そこはよくわかりませんが、とにかく、ぼくには彼だとわかり、彼にもぼくが悟ったことがわかった。それでも理由はわかりませんでした。信じられなかった。解明しなければならなかった。そこでぼくは何か言いわけをつぶやいてクリニックから廊下に出た。廊下には公衆電話がありました。援護が来るまで彼を刺激したくなかった。警察の交換台と話していたときに、予備のドアから彼が靴下で出てきて、ぼくのうしろに忍び寄った。音は聞こえませんでした。彼の息遣いがしたなと思ったら……あとはご承知のとおりです」

「だが、どうしてわかった？」

「入院して一週間ほどたったときに、ようやくわかりました。『負傷者』という、レクターが所蔵していたような初期の医学書で盛んに使われていたイラストです。戦争におけるさまざまな種類の負傷を、すべてひとりの人物に集めたものです。ぼくはそれを、ジョージ・ワシントン大学で病理学者が教えていた総合講座で見たことがありました。六番目の犠牲者の配置と傷は、その『負傷者』とそっくりだったのです」

『負傷者』、それだけだったというのか」

「ええ、まあ。ぼくがそれを見ていたのも偶然でした。運だったとしか言いようがない」

「大した運だ」

「信じられないのなら、どんなくそ目的があって訊いたんですか」

「いまのは聞こえなかった」

「すみません。口がすべりました。まあとにかく、それが起きたことです」

「なるほど」スプリングフィールドは言った。「わかった。話してくれてありがとう。そういうことを知らなきゃならないんだ」

路地にいた男に関するパーソンズの描写と、猫と犬の情報から、殺人者の手口がわかってきたようにも思えた。検針員の恰好で下見し、家族を殺害するまえに、その家のペットを傷つけずにはいられないのだ。

警察の目下の課題は、その推論を公表するか否かだった。

世の人が危険信号を知って注意するようになれば、警察にも、殺人者の次の攻撃について早めに警戒情報が入ってくるかもしれない。が、おそらくその情報は殺人者にも届く。

そして彼は行動パターンを変えるかもしれない。

警察には、数少ない手がかりは公開せず、州南東部の獣医と動物保護施設のかぎられた連絡網を使って、動物虐待の事例があった場合にただちに通報してもらう対応にとどめるべきだという考えが根強かった。

ただそれは、大衆に危険が及ぶ可能性を一部伏せておくことでもある。道徳的な問題であり、警察側にもそれでいいのかという意見があった。

彼らはシカゴのアラン・ブルーム博士に相談した。ブルーム博士は、もし殺人者が新聞の警告を読めば、おそらく家の下見の方法を変えるだろうと言った。しかし、危険を承知でペットを攻撃することはやめないのではないか。八月二十五日の次の満月まで二十五日の猶予があると決して考えてはいけない、と心理学者は警察に助言した。

七月三十一日の朝、パーソンズが似顔絵作成に協力した三時間後に、バーミングハムとアトランタの警察、そしてワシントンのクロフォードのあいだで電話会議が開かれ、まず獣医限定で通知を発することが合意された。似顔絵をもとに再度近所で三日間の聞きこみをおこない、その後、報道機関に情報を流す。

その三日間、グレアムとアトランタの警官たちは一日じゅう通りに出て、リーズ家の近隣の家主に似顔絵を見せてまわった。大まかな顔立ちしか描かれていなかったが、誰かがもっとくわしいことを追加できるのではないかと期待したのだ。

グレアムが持っていた似顔絵のコピーは、手の汗でまわりが柔らかくなってきた。住人にドアを開けさせることも簡単ではなかった。夜、ホテルの部屋であせも対策のパウダーをはたいて横になると、心はホログラムのような問題のまわりをぐるぐるめぐった。アイデアが湧きそうな予感を心待ちにしたが、それはいっこうに訪れなかった。

とこうするうちに、アトランタでは不慮の事故による傷害が四件と、夜遅く帰ってきた親戚を家主が撃ち殺してしまう事件が発生し、警察本部の受信箱には、不審者の通報と無益な手がかりが積み上がっていった。署内に絶望が流感さながら広がった。

三日目の終わりにクロフォードがワシントンから戻ってきて、グレアムを訪ねた。グレアムは椅子に坐り、汗に濡れた靴下を脱いでいるところだった。

「たいへんだったか」

「ためしに朝から似顔絵を持って歩いてみてください」グレアムは言った。

「遠慮するよ。今夜のニュースにすべて出る。一日じゅう歩いてたのか」

「みんなの庭を車で走りまわるわけにはいきませんからね」

「どうせ戸別訪問から何か出るとは思っていなかった」クロフォードは言った。

「だったらぼくは何をすればよかったんですか」

「最高の働き。それだけだ」クロフォードは去ろうと立ち上がった。「忙しく働いてると、中毒みたいになることがあってな。私の場合、とくに酒をやめてから。たぶん、きみも同じじゃないか?」

グレアムはむっとした。もちろんクロフォードの言うとおりだ。

自分が生来、やるべきことを先延ばしにするほうだというのはわかっていた。はるか昔、学校ではそこをスピードで補っていた。いまは学校にいるのではない。

彼にはほかにやれることがあった。何日もまえからわかっていたことだった。満月の手前の数日で自棄になって手をつけるか、あるいは、まだいくらか役に立ついまのうちに取りかかるか。

グレアムには、どうしても聞きたい意見があった。まったく異質な見方に触れる必要があった。キーズ諸島の心温まる充実した年月のあとで、取り戻さなければならない思考様式があった。

最初の長い坂を登っていくジェットコースターの歯車のように、理性がカタカタと音を立てた。頂上まで登りつめると、グレアムは自分の下腹をつかんでいることにも気づかず、考えていたことを声に出した。

「レクターに会わなければなりません」

7

州立ボルティモア精神障害犯罪者病院の院長、フレデリック・チルトン博士が机をまわって出てきて、ウィル・グレアムの手を握った。

「昨日、ブルーム博士から電話がありました、ミスター・グレアム——それとも、グレアム博士とお呼びすべきかな？」

「博士ではありません」

「ブルーム博士からの連絡はじつにうれしかった。長年のつき合いでね。そちらの椅子にどうぞ」

「ご協力に感謝します、チルトン博士」

「正直なところ、ときどきレクターの監督者というより秘書になった気がしますよ」チルトンは言った。「あの手紙の量だけでも煩わしいのです。研究者のあいだで彼と文通するのが流行ってるんじゃないかと思うほどで。大学の心理学科に、彼の手紙が額入りで飾られているのも見たことがある。しばらく、心理学の博士課程の志望者は全員、彼と面接したがってるんじゃないかと思われた時期もありました。もちろん、あなたに協力するのはやぶさかじゃありません。ブルーム博士にもね」

「レクター博士とはできるだけふたりきりで話さなければなりません」グレアムは言った。「明日以降も、また会うか電話で話す必要が生じるかもしれません」

チルトンはうなずいた。「まず、レクター博士は監房から出ません。彼が拘束衣なしでいられる場所は完全にあそこだけです。監房の一面は、鉄格子ともうひとつバリアがあって、通路に面している。そこに椅子を出しておきます。なんならあいだに目隠しの仕切りを入れてもいい。

彼にはとにかく何も渡さないでいただきたい。唯一認められるのは、クリップやホッチキスの針のついていない紙だけです。リングつきのバインダーも、鉛筆も、ペンもいけません。彼は専用のフェルトペンを持っています」

「こちらから見せる資料が彼を刺激してしまうかもしれません」グレアムは言った。

「何を見せてもらってもかまいません、柔らかい紙であればね。食事を出し入れするスライド式のトレイがあるので、そこから書類を渡してください。決して鉄格子のあいだから渡さないこと。また、彼が鉄格子の向こうから何か渡そうとしても受け取らないこと。書類はやはり食事用のトレイで戻してもらえます。いいですね、かならず守ってください。ブルーム博士とミスター・クロフォードから、あなたはこちらの規則にしたがうと約束してもらっている」

「したがいます」グレアムは言い、立ち上がろうとした。

「早く取りかかりたい気持ちはわかりますが、ミスター・グレアム、まず言っておかなければならないことがあります。きっと興味を覚えられるでしょう。

レクターに関して、よりにもよってあなたに警告するのは釈迦に説法と思われるかもしれないが、レクターは人を油断させることに長けています。こちらに移送されてから一年間の彼の行状は非の打ちどころがなく、院内の治療活動に協力する姿勢すら見せていました。その結果——前院長による措置でしたが——まわりの警備が若干ゆるめられたのです。

一九七六年七月八日の午後のこと、レクターが胸の痛みを訴えました。治療室で心電図をとりやすくするために、彼は拘束衣を脱がされました。警備担当のひとりが煙草を吸いに部屋から出ていき、もうひとりが一瞬顔をそらした、そのときです。そこにいた看護婦は非常に動作がすばやく、力も強かったので、どうにか片眼を失わずにすみました。

これを奇妙に思うかもしれませんね」チルトンは抽斗から心電図のテープを取り出し、机の上で広げて、尖った線を人差し指でなぞっていった。「ここは検査台に横たわっていたとき。脈拍は七十二です。そしてここは看護婦の頭をつかんで自分のほうに引きおろしたときと、警備担当に取り押さえられたとき。ちなみに、レクターはとくに抵抗しなかったのに、警備担当は肩を脱臼しました。おかしなことに気づきました？　その間ずっと脈拍は八十五を超えなかったのです。看護婦の舌を嚙みちぎったときでさえ」

グレアムの顔からは何も読み取れなかった。チルトンは椅子の背にもたれ、両手を合わせて指の先に顎をのせた。その手は乾いて、てかてかしていた。

「お察しのとおり、レクターが初めて捕らえられたとき、われわれは純粋な社会病質者を研究するまたとない機会ではないかと考えました」チルトンは言った。「彼らを生きたまま捕まえられることはごくまれですから。レクターは頭脳明晰で、知覚も鋭く、精神医学の訓練も受けていて……大量殺人者です。一見協力的でもあったので、彼がこの種の精神の変調を理解するきっかけになるのではないかと期待しました。われわれも、かつて穴のあいた青年の胃で消化の仕組みを調べた軍医ボーモントのような役割を果たせるのではないか、とね。

けれども、蓋を開けてみれば、彼がここに来たときから理解はほとんど進んでいない。

あなたはレクターと時間をかけて話したことがありますか」

「いいえ。彼と会ったのはあのとき……おもに法廷で見ただけです。ブルーム博士から、彼が雑誌に発表した論文は見せてもらいましたが」グレアムは言った。

「レクターはあなたのことを非常にくわしく知っていますよ。よくあなたについて考えている」

「何度かセッションはおこないました？」

「ええ、十二回ね。あの殻は打ち破れません。知能が高すぎて、どんなテストをしても結果が出ない。エドワーズも、ファブレも、ブルーム博士自身も挑戦しました。記録も残っていますが、レクターは彼らにとっても謎でした。当然ながら、レクターが何を話さずにいるのか、あるいは、話す以上のことを理解しているのかどうかは、まったくわかりません。ああそうだ、彼はここに収容されてから、アメリカ精神医学ジャーナルと総合精神医学誌に卓越した論文を発表していますが、主題はつねに本人の問題とはかかわりのないことです。もしわれわれがレクターという暗号を〝解いて〟しまったら、誰からも興味を持たれなくなり、残りの人生をどこか奥の病棟に閉じこめられてすごすのではないか。そんなふうに怖れているのだと思います」

チルトンはそこでことばを切った。面談で周辺視野を使って被験者を観察する訓練を受けているので、いまも気づかれることなくグレアムを観察できると信じていた。

「われわれのあいだでは意見が一致しています。ハンニバル・レクターを多少なりとも現実に理解したことをまわりに示したのは、ただひとり、あなただけだ、ミスター・グレアム。彼について何か話せることはありませんか」

「ありません」

「職員のなかにはこう考える者もいます。レクター博士の殺人の数々、つまりその〝手口〟を見たときに、あなたは彼の妄想を再現できるのではないか、と。それが彼の特定に役立ったのではありませんか」

グレアムは答えなかった。

「そういう判断材料が、まったく情けなくなるほど不足している。異常心理ジャーナルにひとつ論文がのっているだけでね。うちの何人かの職員と話していただけませんか。いえいえ、今回じゃありません。その点はブルーム博士からも厳しく言われています。あなたの邪魔をしないようにと。だから次回にでも」

チルトン博士は敵意を何度も目にしたことがあった。このときにもいくらか目にしていた。

グレアムは立ち上がった。「ありがとうございます、博士。そろそろレクターに会わせていただけますか」

最厳重警備区画の鋼鉄製の扉がグレアムの背後で閉まった。ボルトがまた差される音がした。

グレアムは、レクターが午前中はほとんど寝てすごすことを知っていた。通路の先を見た。その角度でレクターの監房内までは見えないが、なかの灯りが暗くなっているのはわかった。

レクター博士が眠っていればいいがと思った。心の準備をする時間が欲しかった。頭のなかにレクターの狂気を感じたら、汚物のように封じこめてしまわなければならない。

自分の足音を隠すために、グレアムは敷布やカバーをのせたカートを押す用務員のうしろについていった。レクター博士に気取られずに近づくのは、非常にむずかしい。

通路の途中で立ち止まった。監房の前全体が鉄格子だった。鉄格子の向こうの手の届かないところに、天井から床、壁から壁まで丈夫なナイロンのネットが張られていた。そのバリアの奥に、ボルトで床に固定された机と椅子が見えた。机の上にはソフトカバーの本と、手紙の束が積まれていた。グレアムは鉄格子に近づき、そこに両手を置いて、引っこめた。

ハンニバル・レクター博士が狭い寝台で眠っていた。壁際に寄せた枕に頭をのせ、胸の上にアレクサンドル・デュマの『料理大事典』を開いて。

グレアムが鉄格子の向こうを五秒ほど見つめていると、レクターが眼を開けて言った。

「法廷でつけていた、あの悪趣味なアフターシェイブだな」

「クリスマスにいつも贈られるので」

レクター博士の眼は臙脂色で、小さな瞳孔は光を赤く反射する。グレアムは首筋の毛の一本一本が逆立つのを感じ、手を首のうしろにやった。

「クリスマス。そういえば」レクターが言った。「私のカードは受け取ったかね？」

「ええ。どうも」

レクター博士のクリスマスカードは、ワシントンにあるＦＢＩの犯罪研究所から転送されてきた。グレアムはそれを裏庭に持っていって燃やし、両手を洗ってから、モリーに触れた。

レクターは立ち上がり、机のまえまで歩いた。小柄で物腰の柔らかい男だった。非常に清潔でもある。「坐ったらどうだね、ウィル？　その先の物置に折りたたみ椅子があるはずだが。少なくとも、そうだろうと思われる音がする」

「用務員が持ってきてくれます」

レクターはグレアムが通路に坐るまで立っていた。「ところで、スチュアート捜査官はどうしている？」と尋ねた。

「元気です」スチュアートはレクター博士の地下室を見たあと辞職し、モーテルを経営していた。グレアムはそのことには触れなかった。スチュアートはレクターからどんな郵便物が届いても嫌がるだろう。

「彼が感情的な問題を克服できなかったのは残念だ。若いのに非常に有望だと思ったがね。きみもことによると問題を抱えているのかな、ウィル？」

「いいえ」

「だろうとも」

グレアムは、レクターに頭蓋骨のうしろまで見透かされているような気がした。レクターに注目されると、頭蓋のなかをハエが歩きまわっているような感覚にとらわれる。

「来てくれてうれしいよ。どのくらいだ、三年になるか？　私の訪問者は専門家ばかりだから。どこにでもいる臨床精神科医やら、偏狭な大学から出てきた欲深い二流の心理学博士やら。雑誌に論文を発表して定年までの職を守ろうとする、つまらん物書きどもだ」

「ブルーム博士から、あなたが臨床精神医学ジャーナルに寄稿した手術依存症に関する論文を見せてもらいました」

「で？」

「とても興味深かった、素人目にも」

「素人……素人、素人。興味深い用語だな」レクターは言った。「世の中には学識者があふれている。政府に助成された専門家が山のようにいる。ところがきみは自分を素人だと言う。しかし、私を捕らえたのはきみじゃないのかね、ウィル？　どうやったかわかっているかね？」

「記録を読んだでしょう。あれにすべて書いてある」

「いや、ちがう。きみはどうやったかわかっているのか？」

「記録にある。それの何が重要なんですか」

「私には重要ではないよ、ウィル」

「力を借りたいのです、レクター博士」

「ああ、そうだろうと思った」

「アトランタとバーミングハムの事件について」

「そうだな」

「読んだことがありますね、まちがいなく」

「新聞は読んだ。切り抜きはできないが。当然ながらハサミは渡してくれない。本を取り上げるぞと脅されることもある。私が身の毛のよだつことを考えているとは思ってもらいたくないな」と笑った。レクター博士の歯は小粒で白い。「彼がどうやって相手を選んでいるのか知りたいんだろう？」

「あなたに何か考えがあるのではと思いました。それを聞かせてもらえればと」

「なぜ聞かさなければならない？」

グレアムはその質問を想定していた。連続殺人を止めるべき理由は、レクター博士にはなかなか思い浮かべられないだろう。

「ここにないものがある」グレアムは言った。「研究材料です。資料スライドを見られるようにしてもいい。ぼくが院長にかけ合う」

「チルトンか。きみもここに入ってきたときに会ったにちがいない。おぞましい男だろう？　正直に話してくれ。あれはまるで女性のガードルを引っ張る大学一年生のように、きみの頭のなかを探らないかね？　眼の隅できみを観察した。あれに気づいたか？　信じられないかもしれないが、あの男はこの私に主題統覚検査を受けさせたのだ。そこにチェシャ猫のように坐って〝13ＭＦ〟が出るのを待っていた。はっ。いや失礼、きみがこの種の専門家でないのを忘れていた。女性がベッドに入っていて、男性がそのまえにいるところが描かれたカードのことだ。私が性的な解釈を避けるところを見たかったのだ。笑ったよ。あの男は得意になって、私がガンザー症候群で刑務所入りを免れたと相手かまわず吹聴していた——まあいい、くだらない話だ」

「アメリカ医師会のスライド・ライブラリーを見られるようにします」

「私が欲しいものを提供できるとは思えないね」

「試してみるといい」

「現状でも読むものはたくさんある」

「今回の事件のファイルを渡します。もうひとつ理由がある」

「言ってみたまえ」

「あなたは、ぼくが探している人物より頭がいいことを証明したいのではありませんか」

「暗にきみは私より頭がいいと言いたいわけだな。私を捕まえたのだから」

「いいえ、あなたより頭がよくないのはわかっています」

「ならどうして私を捕まえた、ウィル？」

「あなたには不利な点があった」

「不利な点とは？」

「執着です。それと、正気ではないこと」

「ずいぶん陽焼けしているな、ウィル」

グレアムは答えなかった。

「手も荒れている。もう捜査をする手には見えない。そのシェイビングローションは子供が選びそうなものだ。ボトルに船の絵がついているあれだろう？」レクター博士が頭をまっすぐ立てていることはめったにない。質問をするときには首を傾け、まるで相手の顔に好奇心の錐をもみこむかのようだ。また沈黙ができたあと、レクターは言った。

「私の知的虚栄心に訴えて説得できるとは思わないように」

「そもそも説得できるとは思いません。あなた自身がやるか、やらないかだ。いずれにしろ、今回の件にはブルーム博士がかかわっています。彼は最高の――」

「ファイルは持ってきた？」

「ええ」

「写真も」

「あります」

「見せてくれるなら考えてみよう」

「それはできません」

「きみは夢をよく見るかね、ウィル？」

「さようなら、レクター博士」

「きみはまだ本を取り上げると脅していないな」

グレアムは去ろうとした。

「ファイルを見せてもらおう。あとで私の考えをきみに話す」

グレアムは要約した資料のファイルを抽斗式のトレイに押しこまなければならなかった。レクターはそれを引き抜いた。

「いちばん上が概略です。さあ読んでください」グレアムは言った。

「ひとりで読んでもいいかね。一時間もらいたい」

グレアムは陰気なラウンジで、くたびれたビニール張りのカウチに坐って待った。用務員たちがコーヒーを飲みに入ってきたが、グレアムは話しかけず、部屋のなかの小物を見つめつづけた。視界でそれらが動かないのがうれしかった。トイレに二回行かなければならなかった。感覚が麻痺していた。

看守がまた彼を最厳重区画に迎え入れた。

レクターは机について坐り、その眼には思索の靄がかかっていた。グレアムにはレクターがほとんどの時間を写真に費やしたことがわかっていた。

「これはじつに内気な若者だな、ウィル。ぜひ会ってみたいものだ……彼の体に醜いところがある可能性について考えてみたかな？　あるいは、醜いと本人が信じている可能性について」

「鏡ですね」

「そうだ。きみも家のなかの鏡がすべて割られているのに気づいただろう。破片が必要以上にできた。彼はたんに傷つけるために破片を刺したのではない。自分の姿が映るように埋めこんだのだ。彼女たちの眼のなかに。ジャコビ夫人と……もうひとりは誰だったかな」

「リーズ夫人」

「そう」

「興味深い」グレアムは言った。

「〝興味深い〟ではないだろう。きみも同じことを考えたはずだ」

「考えました」

「ここへはただ私を見るために来たのかね？　昔の勘を取り戻すために？　自力で取り戻せばすむことだ」

「あなたの意見が必要なのです」

「いまのところ、ないね」

「何か思いついたら聞かせてください」

「ファイルは持っておいても？」

「まだ決めていません」グレアムは言った。

「なぜまわりの土地の説明がないのだ。家の正面からの眺めや、全体の見取図、殺人が起きた部屋の図はある。しかし、まわりの敷地に関する記述はほとんどない。庭はどうなっていたのだ？」

「広い裏庭があって、フェンスで囲われ、生け垣もいくらか。なぜです？」

「なぜなら、わが親愛なるウィル、この巡礼者《ピルグリム》が月との特別な結びつきを感じているなら、外に出て月を見たいと思ったかもしれないからだ。体をきれいにするまえにね、わかるだろう。月光のなかで血を見たことがあるかな、ウィル？　真っ黒だ。もちろん独特な艶がある。たとえば、もし裸だったとしたら、その種のことを愉しむには外でプライバシーを保てるほうがいいだろう。隣人たちに多少配慮しなければならない。どうだね、ん？」

「庭が犠牲者を選ぶ際の一要素かもしれないというんですか」

「ああ、もちろん。それと、当然ながらこれからも犠牲者は出る。ファイルを置いていってくれ、ウィル。くわしく読むから。追加の資料があったら、それも見たい。電話をくれてもいい。めったにないことだが、弁護士から連絡があるときには、ここに電話が来るのだよ。昔はインターコムで話したものだが、あれはむろん誰もが聞いている。きみの自宅の電話番号を教えてもらえるかな」

「だめです」

「きみがどうして私を捕まえられたかわかるかね、ウィル？」

「さようなら、レクター博士。こちらへのメッセージは、その資料にある番号に伝えてください」グレアムは立ち去った。

「きみがどうして私を捕まえられたかわかるかね、ウィル？」

すでにグレアムはレクターの視界から消え、さらに早足で遠い鋼鉄製の扉のほうへ歩いていた。

「きみが私を捕まえられた理由は、われわれが似た者同士だからだ」鋼鉄製の扉がうしろで閉まるまえに、グレアムが最後に聞いたことばはそれだった。

グレアムの感覚は麻痺していた。麻痺しなくなったときのほうが怖いという感覚だけがあった。誰にも話しかけずに、うなだれて歩いていると、心臓の鼓動がうつろな羽音のように聞こえた。外までは非常に短い道のりに思えた。ただの建物だ。レクターと外界とのあいだには、たった五つの扉しかない。レクターがいっしょに外に出てきたようなおかしな感じがした。グレアムは玄関の外に立ち、まわりを見て、自分がひとりでいることを確かめた。

通りの向かい側に停まった車の窓から、フレディ・ラウンズが長い望遠レンズを突き出し、建物の入口にいるグレアムのくっきりした横顔と、頭上の石に刻まれた〝州立ボルティモア精神障害犯罪者病院〟の文字を写真に収めた。

ナショナル・タトラー紙がトリミングをほどこして掲載した写真には、たんにグレアムの顔と〝精神障害犯罪者〟の文字だけがあった。

8

ハンニバル・レクター博士は、グレアムが去ったあと監房の灯りを落として、寝台に横たわった。数時間がすぎた。

しばらく彼は布の感触を味わっていた——頭のうしろで組んだ両手に当たる枕カバーの生地、頬に触れるなめらかな薄布。

次いで、においに心を遊ばせた。現実のものも、そうでないものもあった。排水管に洗浄剤《クロロックス》を入れたな。精液のにおい。通路の先でチリを食べている。汗が乾いて強張ったズボン。グレアムは自宅の電話番号を明かさなかった。刈り取ったオナモミとキンゴジカの青臭いにおい。

レクターは起き上がった。あの男は礼儀正しかったかもしれない。頭のなかで電気時計の温まった真鍮のにおいがした。

レクターは何度かまばたきした。両眉が持ち上がった。灯りの光量を上げて、弁護士と話すために電話が欲しいというメモを書いた。

彼が弁護士と内密に話す権利は法律上認められていたが、それまで濫用したことはなかった。彼自身が電話のところまで行くことはチルトンが断じて認めないので、電話が運ばれることになっていた。

警備員ふたりが、自分たちの机についたプラグの差しこみ口から長々とコードを伸ばして電話機を運んできた。ひとりが鍵を持ち、もうひとりが催涙スプレーのメイスの缶を持っていた。

「奥の壁まで行け、レクター博士。壁のほうを向いて。もし振り返ったり、錠前の音が聞こえるまえにバリアに近づいたりすれば、顔にメイスを噴射する。わかったな？」

「わかっている」レクターは言った。「電話機を持ってきてくれて心から感謝するよ」

彼はナイロンのネット越しにダイヤルしなければならなかった。シカゴの番号案内で、シカゴ大学精神医学部とアラン・ブルーム博士のオフィスの番号を調べてもらった。レクターは精神医学部の交換台にかけた。

「アラン・ブルーム博士と話したいのですが」

「今日来られているかどうかわかりませんが、おつなぎします」

「ちょっと待って。彼の秘書の名前を憶えていなきゃならないんだが、情けないことに忘れてしまったんだ」

「リンダ・キングです。少々お待ちください」

「ありがとう」

呼び出し音が八回鳴って、誰かが出た。

「リンダ・キングのデスクです」

「やあ、リンダ？」

「リンダは土曜は出勤しません」

レクター博士はそれを当てにしていた。「ああ、では、できれば助けてもらえないでしょうか。ブレイン・アンド・エドワーズ出版のボブ・グリーアと申します。ブルーム博士から、オーヴァーホルサーの『精神医学者と法』を一冊、ウィル・グレアムに送ってほしいと言われているのですが、リンダが彼の住所と電話番号を知らせてくることになっているのに、一向に連絡がないのです」

「わたしは助手の院生です。リンダは月曜ここに――」

「あと五分以内にフェデラル・エクスプレスに渡さなければいけない。ブルーム博士のご自宅に電話するのは非常に気が引けます。博士としてはリンダに発送をまかせたわけですし、彼女がつらい立場になっても気の毒だ。机の名刺ホルダー《ローロデックス》かどこかに住所があるはずなんですが。それを読んでくださったら、あなたの結婚式で踊ってみせますよ」

「ローロデックスはありませんけど」

「住所録は？　横にアルファベット順の検索スライドがついた」

「あります」

「どうかそれで調べていただけませんか。これ以上あなたの時間をとらなくてすむように」

「名前はなんでしたっけ？」

「グレアム。ウィル・グレアムです」

「わかりました。自宅の番号は、305‐JL5‐7002です」

「本を自宅の住所に送らなければならないのです」

「自宅の住所はのっていません」

「何がのってます？」

「連邦捜査局、ワシントンDC、十丁目通り・ペンシルヴェニア・アヴェニュー。あ、それと、フロリダ州マラソンの私書箱3680号」

「それでけっこう。あなたは天使だ」

「どういたしまして」

レクターはだいぶ気分がよくなった。いつかグレアムに電話をかけて驚かせてやろうかと思った。あるいは、あの男が礼儀を忘れたときに、病院の購買部から、昔懐かしい人工肛門袋でも送ってやるか。

9

南西に千キロ以上離れたミズーリ州セントルイスの〈ゲートウェイ・フィルム・ラボラトリー〉のカフェテリアで、フランシス・ダラハイドはハンバーガーが出てくるのを待っていた。保温テーブルのメイン料理にはラップがかけられていた。彼はレジの横に立ち、紙コップのコーヒーを飲んでいた。

作業用の制服を着た赤毛の若い女性がカフェテリアに入ってきて、キャンディの自動販売機をためつすがめつした。フランシス・ダラハイドの背中に何度か眼をやり、唇をすぼめて考えていたが、ついに近づいて声をかけた。「ミスター・D?」

ダラハイドは振り返った。暗室の外ではつねに赤いゴーグルをつけていた。女性はそのゴーグルの鼻の部分を見つめつづけた。

「ちょっと坐って話せる? 言っておきたいことがあるの」

「どんなことかな、アイリーン?」

「本当に申しわけないと思って。ボブはほら、もうべろべろに酔っ払ってふざけてたのよ。悪意はなかったの。坐りましょう、お願い。ちょっとだけ。いいわよね？」

「うーむ」ダラハイドは決して〝イエス〟と言わなかった。ｓの歯擦音をうまく発音できないからだ。

ふたりは坐った。アイリーンはナプキンを弄びはじめた。

「みんなパーティをとても愉しんでたし、あなたが来てくれたのは本当にうれしかったの」彼女は言った。「本当にうれしくて、驚きもした。ボブってほら、ものまねをいつもやってるでしょ。ラジオに出るべきだと思うんだけど。いくつか方言を操ってジョークを言ったりね。まるっきり黒人の話し方もできるの。あのものまねをやったとき、ボブはあなたを不快にするつもりはなかったの。酔っ払いすぎてまわりに誰がいるかもわからなかったんだから」

「みんな笑って……笑わなくなった」ダラハイドは歯擦音のせいで決して〝やめた《ストップト》〟とは言わなかった。

「そのときボブにも自分が何をしたかわかったの」

「でも彼は続けた」

「わかってる」アイリーンは言い、どうにかためらわずに、ナプキンからダラハイドのゴーグルに眼を上げた。「わたしもあれは彼が悪かったと思う。とくに意味はないと言いながら、ジョークに入っちゃったものだから、最後までやってしまおうとしたのね。彼の顔が真っ赤だったのを見たでしょう」

「彼はぼくを引きこんで……デュエットをやろうとした」

「あなたに腕をまわして抱きしめようとした。あなたに笑い飛ばしてもらいたかったのよ……ミスター・D」

「笑い飛ばしたよ、アイリーン」

「ボブは猛反省してる」

「いや、反省なんてしてほしくない。そんなことは望まない。彼にそう伝えてほしい。それから、この職場では何も変わらないとね。いや、自分にもボブみたいな才能があれば、年がら年じゅうジョ……ジョークを言ってるんだけど」ダラハイドはできるかぎり複数形のsも避けた。「また近いうちにみんなで会うだろうし、そのとき彼もぼくがどう思っているかわかる」

「よかった、ミスター・D。ボブって、あんなふうにふざけてばかりだけど、根は繊細なのよ」

「だろうね。やさしい、と思う」ダラハイドの声は手のせいでくぐもっていた。坐っているときにはかならず曲げた人差し指の関節を鼻の下に押し当てる。

「いまなんて言った？」

「きみは彼にやさしいね、アイリーン」

「ええ、そうね、本当に。ボブが飲むのはいつもじゃなくて週末だけなの。彼がくつろぎはじめると、奥さんがうちに電話してきてね。わたしが奥さんと話してるあいだ、彼はしかめ面してるけど、あれはあとでたいへんな目に遭うわ。女の勘でわかる」アイリーンはダラハイドの手首にそっと触れ、その効果がダラハイドの眼に現われたのを、ゴーグル越しにだが認めた。「じゃあね、ミスター・D。話ができてよかった」

「ぼくもだ、アイリーン」

ダラハイドは彼女が歩いていくのを見つめた。膝の裏に吸った跡があった。彼はアイリーンに好かれていないのを察していた。それを言えば、誰からも好かれていない。

大きな暗室はひんやりとして薬品のにおいがした。フランシス・ダラハイドはAタンクの現像液を確認した。国じゅうから届く何百メートルものホームムービーのフィルムが、絶え間なくタンクのなかを動いていく。化学薬品の温度と鮮度の管理が欠かせない。それも含めて、フィルムが乾燥機を通過するまでのさまざまな作業の責任を、ダラハイドは一手に担っていた。日に何度もフィルムのサンプルをタンクから引き上げ、ひとコマずつ確かめていく。暗室は静かだった。ダラハイドは助手たちにもできるだけ会話はしないようにと告げ、だいたい身ぶり手ぶりでコミュニケーションをとった。

夜のシフトが終わったあとも、彼はひとりで暗室に残り、自分のフィルムの現像、乾燥、編集をおこなった。


家に帰ったのは午後十時ごろだった。ダラハイドは祖父母が遺した大きな家に住んでいた。それはミズーリ川を挟んでセントルイスの向かい側、セントチャールズの北のリンゴ園を通る砂利道の突き当たりにあった。不在地主が果樹園の世話をしないので、緑の木のあいだに枯れて曲がった木も立っている。七月下旬のいまは、腐りかけたリンゴのにおいが淀んでいた。日中はミツバチがたくさん飛びまわった。最寄りの家も一キロ近く離れていた。

ダラハイドは帰宅するとかならずすぐに、家全体を点検してまわった。何年かまえに一度泥棒に入られそうになったのだ。すべての部屋の灯りをつけ、なかを見ていく。訪問者がいたら、ダラハイドがひとりで住んでいるとは思わないだろう。クロゼットには祖父母の服がまだかかっているし、祖母のブラシも抜け毛がからまったまま化粧台の上にのっている。祖母の入れ歯もベッド脇の机に置いたグラスのなかだ。水はとっくの昔に干上がっている。祖母が死んでもう十年だった。

（葬儀屋の支配人から「ミスター・ダラハイド、お祖母様の歯をお持ちいただけますか」と言われたが、彼は「いいから棺の蓋を閉めてくれ」と答えた。）

家のなかに誰もいないことに満足して、ダラハイドは二階に上がり、長々とシャワーを浴びて、髪を洗った。

それから絹のような肌触りの合成繊維のキモノを着て、子供のころから使っている部屋の狭いベッドに横たわった。祖母のドライヤーにはプラスチックのキャップとホースがついていた。キャップをはめ、髪を乾かしながら、買ったばかりの高級ファッション雑誌をぱらぱらとめくった。何枚かの写真には、感心するほどの憎悪と凶暴性が表現されていた。

ダラハイドは興奮してきた。読書灯の金属製の笠をまわして、ベッドの足元の壁に貼った印刷物を照らし出した――ウィリアム・ブレイクの『大いなる赤き竜と陽をまとう女』だった。

その絵を初めて見たときには衝撃を受けた。自分の思考にここまで近づいた絵は見たことがなかった。ブレイクがこの耳から頭のなかをのぞきこんで赤い竜を見たにちがいないと感じた。何週間ものあいだ、思考が耳から光となってあふれ出し、暗室を照らしてフィルムを曇らせるのではないかと心配した。ダラハイドは綿を丸めて両耳に詰めこんだ。そのあと綿では燃えそうだと思い、スチールウールを試してみた。耳から血が出た。最終的にはアイロン台のカバーから石綿布を小さく切り取って丸め、耳に押し入れた。

長いこと〝赤き竜〟はダラハイドの唯一の持ち物だった。いまはそれだけではない。勃起してきたのがわかった。

それをゆっくりと味わいたかったが、もう待ちきれなかった。

ダラハイドは階下の居間の窓にかかった分厚いカーテンを閉めた。スクリーンと映写機を設定した。祖父が祖母の反対を押しきって、居間に〈レイジーボーイ〉の安楽椅子を置いていた（祖母はしかたなくそのヘッドレストに布をかけた）。ダラハイドはいま満足していた。とても坐り心地がいい。椅子の肘かけにタオルをかけた。

灯りをすべて消した。暗い部屋で仰向けに寝ていると、どこにいるのかわからなくなる。天井のライトの上に、回転しながら壁や床や自分の肌にさまざまな色の光点を作り出す、すぐれた装置を取りつけていた。宇宙船の緩衝座席に身を横たえているのかもしれない。星々に囲まれた丸いガラスの船体のなかに。眼を閉じると、体の上を動く光点を感じ取れる気がした。眼を開けたときに自分の上や下に見えるのは街の光だろうか。

光はもう上下するだけではなくなった。装置が加速して温まるにつれ、光点は彼に群がり、尖った流れになって家具に降り注ぎ、流星群のように壁を流れ落ちた。彼は蟹星雲に飛びこんだ彗星なのかもしれなかった。

光から守られている場所がひとつだけあった。装置の近くに置かれた厚紙で、映画のスクリーンには黒い影が投げかけられていた。

将来はときどきマリファナを吸って光の効果を高めるかもしれないが、いま、このときには必要なかった。

横にあるスイッチで映写機を動かした。スクリーンに白い長方形が現われ、レンズのまえをフィルムの引き出し部分が走って灰色になり、縞が入った。灰色のスコティッシュテリアが耳をピンと立て、台所のドアに走り寄って、体を震わせ、短い尻尾を振った。通りの縁石の横を走るテリアが、走りながら振り返って自分の横腹に噛みつくカット。リーズ夫人が食料品の包みを抱えて入ってきた。彼女が笑って、髪を整えた。あとから子供たちが入ってきた。

続いて、階上のダラハイド自身の薄暗い寝室で撮られたカット。ダラハイドが『大いなる赤き竜と陽をまとう女』のまえに裸で立っている。ホッケー選手が愛用する、眼のまわりをぴったりと覆うプラスチックの〝コンバット・グラス〟をかけている。勃起したものを手でさらに固くした。

　踊るような動作でダラハイドがカメラに近づくにつれ、画像がぼやける。手が伸びて焦点を合わせ、彼の顔が画面いっぱいに映る。画面が揺れて突然くっきりと口のクロースアップが映る。ダラハイドの変形した上唇がめくれ上がり、舌が歯のあいだから突き出る。ぐるぐる動く片眼がまだ画面のなかにある。口がスクリーンを満たし、のたうつ唇がめくれてギザギザの歯がのぞき、闇が訪れる。彼の口がレンズを呑みこんだのだ。

　次の部分の撮影は明らかにむずかしかった。

　まばゆい映画撮影用のライトが跳ねるように動いてぼやけた画面が、ベッドと、もがくチャールズ・リーズになった。リーズ夫人が体を起こし、眼を覆い、夫のほうを向いて両手で触れ、ベッドから転がりおりようとして脚がシーツにからまる。カメラが急に天井を向き、剣形が樽板のように視界を横切ったあと、画面が落ち着く。リーズ夫人がマットレスの上に戻り、ネグリジェについた黒い染みが広がっていく。リーズが自分の首を押さえ、眼を怒りに燃やして立とうとしている。画面が心拍五回分ほど暗くなり、フィルムのつなぎ目で震える。

　カメラが三脚にすえられて動かなくなった。彼らはみな死に、それぞれの場所に配置されていた。子供ふたりはベッドの向かいの壁にもたれて坐っている。部屋の隅を挟んで坐るもうひとりは、カメラのほうを向いている。リーズ夫妻はベッドに並び、カバーをかけられている。夫はベッドのヘッドボードにもたれ、胸のまわりのロープをシーツが隠し、頭は横に倒れている。

ダラハイドがバリ島の踊り手を思わせる動きで左側から画面に入ってきた。眼鏡と手袋以外に何も身につけず、血まみれの裸体をさらして死者のあいだで大げさな表情を作り、動きまわった。ベッドの奥のリーズ夫人の側に近づき、カバーの端をつかんで一気にベッドからはぎ取り、闘牛士がケープを構えるようなポーズをとる。

ダラハイドは祖母の家の居間でフィルムを見ながら、全身を汗で光らせていた。分厚い舌がしきりに飛び出し、上唇の傷は濡れて輝いていた。ダラハイドはみずからを刺激しながらうめいた。

歓びの頂点にあっても、彼はフィルムのそのあとの場面で上品さも優美さもかなぐり捨ててしまったことが残念だった。不注意にもカメラに尻を向けて、豚のように掘り進んでしまったのだ。ドラマチックな休止も、ペースやクライマックスに対する配慮もなく、ただ野獣の熱狂に身をまかせてしまった。

とはいえ、それはすばらしかった。フィルムを見るのはすばらしい。だが、本番の行為には及ばない。

ダラハイドが感じた大きな欠点はふたつ。リーズ一家の死の瞬間をとらえていないことと、最後のほうで自分の演技がだらしなくなってしまったことだった。せっかくの価値がすべて失われてしまった気がした。〝赤き竜〟ならあんなことはしない。

まあいい。作るフィルムはたくさんあるし、経験を積めば美学上の距離も保てるようになるだろう。たとえもっとも親密な行為の最中でさえ。

全力を尽くさなければ。これは自分のライフワーク、偉大な事業だ。永遠に生きつづける。

すぐに続行しないと。共演者を選ばなければならない。すでにダラハイドは、七月四日の独立記念日に家族が出かけたフィルムを何本かコピーしていた。毎年夏の終わりには、休暇中に撮られたムービーが現像工場に次々と入ってきて、大忙しになる。十一月の感謝祭も書き入れどきだ。

さまざまな家族がダラハイドのもとへ毎日申込書を送ってきていた。

10

ワシントン発バーミングハム行きの飛行機は半分ほどしか埋まっていなかった。グレアムは隣に誰もいない窓寄りの席に坐った。客室乗務員が出そうとしたくたくたのサンドイッチは断り、眼のまえのトレイにジャコビ家のファイルを置いた。最初のページにジャコビ家とリーズ家の共通点を書き出していた。

どちらの夫婦も三十代後半で、子供がいた――男の子ふたりと女の子ひとりだ。エドワード・ジャコビにはもうひとり、まえの結婚でできた息子がいて、家族が殺されたときには家から離れた大学にいた。

ふたつの事件のどちらの両親も大学を卒業していて、両家族は快適な郊外の二階建ての家に住んでいた。ジャコビ夫人もリーズ夫人も魅力的な女性だ。いくつか同じクレジットカードを持ち、いくつか同じ人気雑誌を定期購読している。

共通点はそこで終わる。チャールズ・リーズは税理士だが、エドワード・ジャコビはエンジニアで冶金学者。アトランタの家族が長老派教会なのに対し、ジャコビ家はカトリック。リーズ一家は代々アトランタ市民だが、ジャコビ一家はデトロイトからの異動でバーミングハムに越してきてわずか三カ月。

〝無差別〟ということばが、蛇口から滴る水のようにグレアムの頭のなかで響いた。〝無差別殺人〟、〝明白な動機なし〟——新聞の用語であり、刑事たちも殺人課の部屋で怒り苛立って、そんなことばを吐き捨てていた。

だが〝無差別〟は正確な表現ではない。グレアムは、大量殺人犯や連続殺人犯が無差別に犠牲者を選ばないことを知っていた。

ジャコビ一家とリーズ一家を殺した犯人は、彼らのなかに自分を引き寄せ、行動に駆り立てる何かを見たのだ。彼らをよく知っていたのかもしれないし——そうであることをグレアムは望んだ——逆に赤の他人だったのかもしれないが、犯人が殺しのまえに彼らを見たことがあったのはまちがいない。彼らの何かが語りかけてきたから、選んだのだ。夫人たちはその中心にいた。それはいったい何だったのか。

二件の犯罪にはいくつか異なる点があった。

エドワード・ジャコビは、懐中電灯を持って階段をおりてきたところを撃たれた。おそらく物音がして目覚めたのだろう。

ジャコビ夫人と子供たちは頭を撃たれた。リーズ夫人は下腹部だった。いずれの場合にも、凶器は九ミリ口径のオートマチック。銃創からは自家製のサイレンサーのスチールウールの屑が見つかっていた。薬莢に指紋はついていなかった。

ナイフが使われたのはチャールズ・リーズだけだった。プリンチ医師によると、それは刃が薄くて非常に鋭利な、たとえばフィレナイフということだった。

侵入の手口もちがっていた。ジャコビ家ではテラスのドアをこじ開け、リーズ家ではガラスカッターを使った。

バーミングハムの犯行現場の写真を見ると、リーズ家ほどおびただしい出血はなかったようだが、寝室の壁の床から七十五センチほど上に血の痕があった。やはり殺人者はバーミングハムでも観客をしつらえたのだ。バーミングハム市警は爪も含めて遺体から指紋採取を試みたが、何も見つからなかった。バーミングハムの夏に埋葬されたのだから、リーズ家の子供のように指紋が残っていたとしても、損なわれてしまっただろう。

両方の現場で、同じブロンドの髪、唾液、精液が発見されていた。

グレアムは眼のまえの座席にふたつの家族が笑う写真二枚を立てかけ、機内の静けさのなかで長いこと見つめていた。

具体的に彼らの何が殺人者を惹きつけたのだろう。グレアムは、二家族に共通の要素があり、それがすぐに見つかると心から信じたかった。さもなくば、また別の家を訪ねて、〝歯の妖精〟が残したものを見なければならなくなる。

グレアムはバーミングハムの支局で道順を聞き、空港から市警本部に電話をかけて、到着した旨を伝えた。借りた小型車は、エアコンの通風口から彼の手や腕に水滴を飛ばした。

まずデニソン・アヴェニューの〈ジーハン不動産〉に立ち寄った。

背が高く禿頭のジーハンは、毛足の長い青緑色のカーペットの上をあわてて歩いてきて、グレアムに挨拶した。グレアムが身分証を見せてジャコビ家の鍵を要求すると、笑みは消えた。

「今日はあそこに制服警官がいます？」ジーハンは頭の上に手をのせて訊いた。

「どうでしょう」

「いなきゃいいんだけど。午後に二回、あの家をお客さんに見せることになってましてね。いい家なんで、みんな見ると、ほかのはいいやってなるんです。先週の木曜には、はるばるミネソタ州ダルースから引退した裕福な夫婦が来ました。サンベルト地帯に興味があったらしくて。抵当の話なんかしながら、あそこの短い家並みを案内しましてね。代金の三分の一を前払いしそうになってたときに、パトカーが近づいてきて、お巡りさんたちが現われたんです。老夫婦は彼らに質問して、困ったことにいくらか答えを聞かされた。あのお巡りさんたち、ご親切にも家じゅう案内までしてくれて――どこに誰が倒れていたとかね。それで、さよならジーハン、いろいろお世話になりました、ですよ。こっちはどのくらい安全に改装したか説明しようとしたんですけど、聞く耳持ちゃしません。帰ってしまいました。砂利道をよたよた歩いて、キャデラック・セダン・ド・ヴィルに乗りこんでね」

「独身男性から家を見たいという申しこみはありませんでしたか」

「うちにはありませんでした。別の不動産屋も扱ってますんでね。ですが、なかったと思いますよ。警察がなかなかペンキを塗らせてくれなくて。いつだっけ、先週の火曜にやっと内装が終わったんです。ラテックス塗料を二回、場所によっては三回塗りました。いまはまだ外壁をやっている途中です。本当に見映えのする家になりますよ」

「遺言書の検認が終わるまえにどうして売れるのですか」

「検認が終わるまで契約締結はできませんけど、準備をしちゃいけないってことにはならない。覚書を結べば引っ越せます。こっちも何かしなきゃならないんです。取引相手が書類を持っていて、その利息が昼も晩も、寝てるときだって増えつづけるので」

「ジャコビ氏の遺言執行人は誰です？」

「メトカーフ・アンド・バーンズ法律事務所のバイロン・メトカーフです。あっちにはどのくらいいます？」

「わかりません。仕事が終わるまでとしか」

「鍵は郵便受けに放りこんどいてください。ここに戻ってくる必要はありません」


グレアムは、とても手がかりは得られそうにないという冷めた気持ちでジャコビ家に向かった。家はほとんど市境に近い新たな開発地域にあった。ハイウェイの路肩で一度車を停め、地図を確認して、アスファルトの一般道に入る分岐点を見つけた。

家族が殺されてから一カ月以上たっていた。そのころ自分は何をしていたか。二十メートルの〈ライボヴィッチ〉の船体に二基のディーゼルエンジンを設置していた。クレーンの操縦席にいるアリアガに、あと数センチおろしてくれと合図しながら。夕方、モリーがやってきて、彼らとアリアガは半分完成したボートのコックピットの日除けの下に坐って、モリーが運んできた大ぶりのエビを食べ、よく冷えたドスエキス・ビールを飲んだ。アリアガがデッキに残ったおが屑にザリガニの尻尾の絵を描きながら、獲ったザリガニをきれいにする方法を説明し、水面に反射した太陽の光が、飛びまわるカモメの腹でちらちらと踊っていた。

エアコンから飛んだ水滴がシャツのまえを濡らし、グレアムはまだバーミングハムにいた。エビもカモメもいなかった。彼は車を運転していて、右手に牧場と林があり、ヤギや馬がいた。左手はストーンブリッジ、いくつかの優雅な邸宅と多数の金持ちの家が立つ昔ながらの住宅地だった。

不動産屋の看板が百メートル先から見えた。道路の右側にあるのはジャコビの家だけだった。私道の脇のペカンの木々から垂れた樹液で小石がべとつき、車のフェンダーに飛びこんでカラカラ鳴った。梯子にのった大工が窓に格子を取りつけていた。グレアムが家のまわりを歩いていると、大工は手を上げて挨拶した。

家の横に張り出した敷石のテラスはオークの大木の陰になっていた。そばの庭には投光照明があるが、やはり同じ木が夜も光をさえぎるだろう。〝歯の妖精〟がガラスの引き戸を開けて侵入したのはそこからだった。引き戸は新しいものに交換されていた。アルミニウムの枠が真新しく輝き、まだ製造者のシールがついていて、そのまえには防犯対策として鉄細工のゲートが取りつけられていた。地下室の入口の扉も新しく、デッドボルトがついた鋼鉄の板張りだった。テラスの上にはバスタブの部品の入った木箱が置かれていた。

グレアムは家のなかに入った。むき出しの床と、淀んだ空気。空っぽの家に足音がこだました。

バスルームの新しい鏡は、ジャコビ一家の顔も殺人者の顔も映したことがない。どの鏡にも値札がはがされた白い跡がうっすらと残っていた。主寝室の隅には養生用の布《ドロップ・クロス》がたたんで置かれていた。グレアムはその上に腰をおろし、カーテンのかかっていない窓越しに太陽の光が床板一枚分移動するまで坐っていた。

ここには何もない。もう何も。

ジャコビ一家が殺された直後にここに来ていれば、リーズの家族はまだ生きていただろうか、とグレアムは思った。その責任の重さはどのくらいだろうか。

家からまた空の下に出ても、罪悪感は消えなかった。

グレアムはペカンの木陰に立った。肩をすぼめ、両手をポケットに突っこんで、ジャコビ家のまえを通過する道路までの長い私道を見ていた。

〝歯の妖精〟はどうやってジャコビの家にたどり着いたのだろう。車で来る必要があった。どこにその車を停めたのか。夜中に訪ねるには砂利道の音がうるさすぎると思ったが、バーミングハム市警の考えはちがった。

一般道にぶつかるまで私道を歩いた。アスファルトの道の両端には、眼の届くかぎり溝が走っていた。地面が固く乾いていれば、溝を乗り越えて、ジャコビ家の側の藪に自動車を隠すことができたかもしれない。

道路を挟んでジャコビ家の向かいに、ストーンブリッジへの唯一の入口があった。ストーンブリッジには私設警備員がいると表示されていた。見知らぬ車が停まっていれば気づかれるだろう。夜中にひとりで歩いている男も。ストーンブリッジに駐車する選択肢はない。

グレアムは家に戻り、電話がまだ使えるのを発見して驚いた。気象局にかけて、ジャコビ一家が殺される前日に七十ミリを超える雨が降ったことを知った。だとすると、溝はあふれていただろう。〝歯の妖精〟はアスファルト道路の脇に車を隠したのではない。

水漆喰を塗った柵に沿って敷地のうしろのほうへ歩いていると、隣接する牧場にいた馬が歩調を合わせてついてきた。グレアムは馬に穴あきキャンディを一個与え、角に残しておいて、柵沿いにガレージの裏にまわった。

ジャコビ家の子供たちが飼い猫を埋めていた土地の窪みを見つけて、彼は立ち止まった。アトランタ市警のスプリングフィールドとそのことについて考えたときには、ガレージは白だと想像していたが、実際には深緑だった。

子供たちは猫を布巾で包み、指のあいだに花を挟んで、靴の箱に入れて埋葬していた。グレアムは柵に腕をもたせかけ、前屈みになってそこに額を当てた。

ペットの埋葬は子供にとって厳かな儀式だ。両親はその場で祈るのが恥ずかしくて、家に引きあげる。子供たちは互いに顔を見合わせ、喪失感に代わって新たな感情が湧いてくるのに気づく。女の子がうなだれ、残るふたりもそれに倣う。三人の誰よりもシャベルのほうが背が高い。そのあと、猫が神様とイエス様といっしょに天国にいるかどうかの議論が生じ、子供たちはしばらく叫ばない。

立って首のうしろに太陽の熱を感じていたグレアムに、確信が訪れた。〝歯の妖精〟は猫を殺したが、それと同じくらい確実に、子供が猫を埋めるのを見ていたのだ。可能であるかぎり、見ずにはいられなかった。

彼はここに二度来たのではなかった。猫を殺すために一度来て、ジャコビ一家を殺すためにまた来たのではなく、猫を殺したあと、子供たちが見つけるのを待っていたのだ。

彼らがどこで猫の死骸を見つけたか、正確に特定する方法はなかった。事件当日の正午以降、十時間ほどあとに彼らが殺されるまで、ジャコビ一家と話をした人を警察はひとりも見つけられなかった。

〝歯の妖精〟はどうやってここまで来て、どこで待っていたのか。

裏の柵の向こうから頭ほどの高さの藪が始まり、三十メートルほど先で森に続いていた。グレアムはズボンのうしろのポケットからしわくちゃになった地図を取り出して、柵の上で広げた。ジャコビの地所の裏から四百メートルほど途切れなく森が続き、それが左右にも広がっているのがわかった。向こう側の森の境界には、ジャコビ家のまえの道路と平行して走る地区境界道路があった。

グレアムは家から車で走行距離を測りながらハイウェイまで戻った。ハイウェイを南下して、地図で見た地区境界道路に入った。また距離を測りながらゆっくりと走り、森を挟んでジャコビ家の反対側だと計器が示すところまで行った。

そこで舗装が終わり、低所得者向けの団地が始まっていた。できたばかりで地図にものっていなかったのだ。グレアムは駐車場に入った。ほとんどの車は古く、車体が沈んでいた。ブロックにのっている車も二台あった。

黒人の子供たちが、むき出しの地面に立つネットなしのバックボードでバスケットボールをしていた。グレアムは車のフェンダーに腰かけて、しばらくその試合を見ていた。

上着を脱ぎたかったが、四四スペシャル弾用の銃と、ベルトにつけた平たいカメラが人目を惹くと思った。人に銃を見られると、グレアムはつねに奇妙な恥ずかしさを覚えた。

シャツを着ているチームが八人、脱いでいるチームは十一人で、みないっせいにプレーしていた。審判はその都度声の大きさで決まった。

裸の小柄な少年がリバウンドでまわりから押さえつけられ、腹を立てて大股で自陣に戻った。クッキーを一枚食べて元気を取り戻し、また集団に飛びこんでいった。

叫び声とボールの弾む音がグレアムの気分を昂揚させた。

ひとつのゴールと、ひとつのバスケットボール。グレアムは、リーズ一家がどれほど多くのものを持っていたか、改めて気づかされた。押しこみ強盗の可能性を否定したバーミングハム市警の調書によれば、ジャコビ一家も同様だ。ボート、スポーツ用具、キャンプ用品、カメラ、銃、釣り竿。そのこともまた両家に共通していた。

生前のリーズ家とジャコビ家のことを考えると、その後の彼らに思いが及び、グレアムはもうバスケットボールを見ていられなくなった。ひとつ大きく息を吸って、道路の向かいの暗い森へ歩いていった。

松林の入口では深かった下草が、木々の暗い陰に入るにつれ減っていき、グレアムは落ちた松葉を踏みしめて楽に進むことができた。空気は暖かく、静かだった。前方の木のなかにいるアオカケスが彼の到来を告げた。

地面はゆっくりと下り、干上がった川底に至った。糸杉がところどころに生え、赤土にアライグマと野ネズミの通った跡が残っていた。河床には人の足跡も多数あり、一部は子供のものだった。すべて崩れて角が丸まっているのは、残されてから何度か雨が降ったからだ。

河床を越えるとまたのぼりになり、松の下の砂壌土にシダが生えていた。暑いなかグレアムが登っていくと、ついに木々の下に光が射し、森の端に到達した。

木の幹のあいだから、ジャコビ家の二階部分が見えた。

森の端からは、また背丈ほどもある草むらがジャコビ家の裏の柵まで続いていた。グレアムは草をかき分けて進み、柵のまえに立って庭をのぞきこんだ。

〝歯の妖精〟は団地に車を停め、家の裏の藪まで森を抜けてきたのかもしれない。藪に猫を招き入れて絞め殺し、地面に両膝をついて、片手にだらりとなった猫を持ち、もう一方の手を柵にかけたのかもしれない。グレアムには、空中に放り投げられた猫が見えた。体をひねって肢から着地するのではなく、背中から庭にどさりと落ちる。

〝歯の妖精〟はそれを昼間にやってのけた――夜だったら、子供たちが見つけて埋めるわけがない。

そして彼は子供たちが見つけるのを待っていた。その日の残りは、蒸し暑い藪のなかで待っていたのだろうか。柵に近づくと板の隙間から見られてしまう。藪のもっと森に近いところから庭を観察するには、立ち上がらなければならず、陽の光を受けた姿を家の窓のまえにさらすことになる。ここはまちがいなく森まで引き返しただろう。グレアムもそうした。

バーミングハム市警も無能ではなかった。当然ながら、彼らが藪をかき分けて捜索した跡はあった。しかし、それは猫が発見されるまえのことだ。手がかりや落とし物、何かの痕跡を探したのであって、観察場所を探していたのではない。

ジャコビ家の裏の森に何メートルか入り、まだらに影が差す草むらを往き来した。まず庭の一部が見える高い地点に立ち、次に森の境界線に沿って歩いた。

そうして一時間以上捜索したとき、ふと地面にちらつく光が眼に入った。見えなくなったかと思うと、また見えた。それは落ち葉に半分埋もれたソフトドリンクの缶のプルタブだった。松にまぎれて何本か生えている楡の木の一本の根元に落ちていた。

グレアムは二・五メートルほど離れたところからそれに気づいたが、五分ほど近づかずに木のまわりをざっと確認した。それから屈んで、自分のまえの落ち葉を払いながら木に近づき、どんな痕跡も損なわないように、できた道をアヒルのように外股で前進して、幹のまわりの落ち葉をすべて丁寧に取りのけた。前年の秋に落ちた葉の上には、なんの足跡も残っていなかった。

アルミニウムのプルタブの近くには、乾いたリンゴの芯が落ちていた。アリにかじられて細くなり、種は鳥がついばんでなくなっていた。グレアムはさらに十分間、地面を捜索したあと坐りこんで、痛む両脚を伸ばし、木の幹にもたれた。

射しこむ陽光のなかを、ブヨの大群が円錐形をなして飛んだ。毛虫が一匹、葉の裏を這っていた。

頭上の枝に、ブーツの靴底から移った川の赤土がこびりついていた。

グレアムは上着を枝にかけ、幹の反対側を慎重に登りはじめた。土がついていたところより上の枝をときどきのぞきこみながら、十メートルほど登ったところで幹の向こうを見ると、百五十メートルほど先にジャコビ家があった。その高さからだと家はちがったふうに見え、屋根の色が圧倒的だった。裏庭も、ガレージのうしろの土地も一望に見おろせた。この距離でちゃんとした双眼鏡があれば、顔の表情までたやすく見て取れるだろう。

遠くを走る車の音が聞こえた。狩りに連れ出されたビーグル犬の鳴き声もした。そのときセミが、人の感覚を麻痺させる帯鋸を引くような声で鳴きだし、ほかの音はすべて聞こえなくなった。

上のほうに幹からジャコビ家に対して直角に伸びた大枝があった。グレアムはよく見えるところまで体を引き上げ、幹にもたれてその枝を確認した。

頬のすぐ近くの幹と枝の境目に、ソフトドリンクの缶が押しこまれていた。

「やったぞ」グレアムは樹皮に囁いた。「すばらしい。こうでなきゃな、缶よ」

とはいえ、子供が残したものかもしれない。

枝が細くなるので危なかったが、さらに木の裏側を登り、いまの大枝を見おろせる場所まで移動した。

大枝の一部の表皮が削り取られ、トランプほどの大きさの緑の皮層がむき出しになっていた。その緑の長方形のまんなかに、白い木部に達するまで、次のような図柄が彫りこまれていた。

鋭いナイフで丁寧に、くっきりと刻まれたその印は、子供の手作業ではなかった。
グレアムは念のため何とおりかの露出で、それを写真に収めた。
大枝からの見晴らしはよく、上のほうから垂れる小枝が途切れていることで、さらに改善されていた。視界を広げるために切り払ったのだ。切り口は繊維細胞がつぶれ、やや平たくなっていた。

グレアムは切られた枝を探した。地面にあるのなら目についたはずだ。あった。下の枝にからまっている。緑の葉叢のなかに茶色く枯れた葉が見えた。

科学研究所が刃の形状を特定するには両側の切り口が必要だろう。つまり、鋸を持って戻ってこなければならない。グレアムは枝の切り口の写真を何枚か撮りながら、ひとり言をつぶやいていた。

おい、おまえは猫を殺して庭に投げ入れたあと、ここに登ってきて待ったんだろう。子供たちを見て、彫刻したり夢見たりしながら時間をつぶしたんだな。夜になると、家族が明るい窓のまえを通りすぎ、ブラインドがおろされるのを眺めた。灯りがひとつずつ消えていくのを見ていた。そのあとしばらくして、木からおり、彼らがいる家に入った。ちがうか？　懐中電灯を持ち、明るい月もかかっていれば、大枝からおりるのは簡単だったはずだ。

しかし、グレアムにとってはむずかしかった。ソフトドリンクの缶の飲み口に小枝を差し入れ、木の洞《うろ》からそっと持ち上げて、おりていった。両手を使わなければならないところでは枝を口にくわえた。

団地に戻ると、車の横の土埃で汚れたところに誰かが〝リーヴォンのうすばか〟と落書きしていた。書かれた位置から、その地域のもっとも若い住人にも立派な読み書き能力があることがわかった。

子供たちは〝歯の妖精〟の車にも落書きしただろうか。

グレアムは坐って数分間、何列も並んだ窓を見上げていた。百戸はありそうだ。ことによると、夜遅くに駐車場にいた見知らぬ白人を誰かが憶えているかもしれない。一カ月たったとはいえ、訊いてみる価値はある。手早く全員に職務質問するには、バーミングハム市警の助けが必要だった。

グレアムは、飲み物の缶を直接ワシントンのジミー・プライスに送りたい誘惑と闘った。市警の人員に頼らざるをえないからには、回収したものは彼らに渡すほうがいい。缶に粉末をはたいて指紋を採取するのは簡単な作業だ。酸性の汗で刻まれた指紋を検出するとなると別の話だ。警察が粉末を用いたあとでも、手で直接触れてさえいなければ、プライスは自分の作業ができる。缶は警察に渡したほうがいい。ＦＢＩの資料課が、狂犬病のマングースよろしくあの彫刻文様に飛びかかることはわかっていた。あの写真はみんなが使う。失うものはない。

グレアムはジャコビ家からバーミングハム市警の殺人課に電話をかけた。刑事たちが到着したそのとき、不動産屋のジーハンが家を買いそうな客を案内してきた。

11

アイリーンがカフェテリアでナショナル・タトラー紙の〝あなたのパンに汚物！〟という記事を読んでいると、ダラハイドが入ってきた。彼女はまだツナサラダ・サンドイッチの中身しか食べていなかった。

赤いゴーグルをつけたダラハイドの眼が、タトラーの第一面をジグザグに読んでいった。〝あなたのパンに汚物！〟のほかの見出しには、〝エルヴィスの秘められた愛の隠れ家――独占写真‼〟、〝がん患者に驚くべき朗報！〟、そしてひときわ大きな文字で〝人喰いハンニバルが警察支援――〈歯の妖精〉殺人事件で警官が悪魔に相談〟とあった。

ダラハイドはぼんやりと窓辺に立ち、コーヒーを混ぜていた。やがてアイリーンが立ち上がる音がした。トレイをゴミ容器に入れ、タトラーも捨てようとしたところで、ダラハイドが彼女の肩に触れた。

「その新聞、もらってもかまわないかな、アイリーン」

「もちろん、ミスター・D。星占いを見るために買ったの」

ダラハイドは自分のオフィスに戻り、ドアを閉めてからそれを読んだ。

フレディ・ラウンズが、中央見開きページに署名記事をふたつ書いていた。まず主要なほうは、ジャコビ家とリーズ家の殺害事件の息を呑むような再現だった。警察が具体的な事項の多くを伏せているので、ラウンズは想像力を駆使して、むごたらしい事件の詳細を書きこんでいた。

ダラハイドは、くだらないと思った。

補足記事はそれより興味深かった。


狂った悪魔、殺しかけた当局者から大量殺人事件の相談受ける

フレディ・ラウンズ

メリーランド州ボルティモア——連邦の人狩り部隊は、バーミングハムとアトランタで家族全員を惨殺した精神異常者〝歯の妖精〟の捜査に行きづまり、収監中のもっとも凶暴な殺人者に助力を求めた。

三年前、小紙がその言語道断の診療実態を報告したハンニバル・レクター博士は、今週、収監されている最高警備の監房で、名高い調査官ウィリアム（ウィル）・グレアムから相談を受けた。

グレアムはかつて、この大量殺人者の正体を暴いた際に切りつけられ、瀕死の重傷を負った。

早期引退していたところを呼び戻されて、〝歯の妖精〟の捜査の陣頭指揮をとることになったのだ。

不倶戴天の敵同士のいかにも奇妙な会合で何が話し合われたのか。グレアムは何を望んだのか。

「毒をもって毒を制すだ」あるFBI高官は小記者にそう語った。精神科医であると同時に大量殺人者でもある、通称〝人喰いハンニバル〟のレクターを念頭に置いての発言だった。

それとも、グレアムを念頭に置いていたのか??

小紙が突き止めたところでは、ヴァージニア州クアンティコのFBIアカデミーで法医学の講師をしていたグレアムは、一度、四週間にわたって精神科病院に入れられたことがある……

精神的に不安定だった経歴を持つ人物を、なぜ決死の人狩りの先頭に立たせたかについて、FBIの職員たちは語ろうとしなかった。

グレアムの精神的な問題の性質は明かされていないが、元精神医療従事者のひとりは、それを「深刻な鬱」と表現した。

以前ベセスダ海軍病院に雇われていた医療助手のガーモン・エヴァンズによると、グレアムは、〝ミネソタの百舌《モズ》〟と呼ばれたギャレット・ジェイコブ・ホッブズを殺してほどなく、精神病棟に入ったという。グレアムがホッブズを射殺して、八カ月にわたるミネアポリスの恐怖時代を終わらせたのは、一九七五年のことだった。

グレアムは入院直後の数週間は引きこもり、ものを食べようとも話そうともしなかった、とエヴァンズは語る。

グレアムはこれまで一度もFBIの捜査官だったことがない。事情通によれば、局内に不安定な職員を選別する厳格な審査手順があるからだ。

局内の情報源が明かしたかぎりでは、グレアムは当初、FBI犯罪科学研究所で働き、研究所と現場での非凡な業績が認められて、FBIアカデミーで教えることになった。現場での肩書きは〝特別調査官〟だった。

FBIに勤めるまえ、グレアムがニューオーリンズ警察の殺人課にいたことを小紙は発見した。その後、ジョージ・ワシントン大学の大学院で法医学を学ぶために、その職を辞した。

グレアムと働いたニューオーリンズのある警官は言った。「まあ、引退したと言ってもいいのかもしれないけど、ＦＢＩは彼をいつも近くに置いておきたいのさ。家の床下にキング・スネークを飼ってるようなものだ。姿を見ることはあまりないが、そこにいて毒ヘビを食ってくれるとわかってるのは安心だ」

レクター博士は残る生涯、監禁される。もし正気だと認定されることがあれば、裁判で九件の第一級殺人について罪を問われなければならない。

レクターの弁護士によると、この大量殺人者は科学雑誌向けに有用な論文を書き、精神医学界の権威たちと郵便で〝継続的に対話〟してすごしている。

ダラハイドは読むのをやめて写真を眺めた。補足記事の上に二枚あった。一枚はレクターが州警察の車の横に押しつけられているところ。もう一枚はフレディ・ラウンズが州立ボルティモア病院の外で撮ったウィル・グレアムの写真だった。それぞれの記事の署名の横に、小さなラウンズの写真がついていた。

ダラハイドは写真を長いこと見ていた。人差し指でそれらを何度もゆっくりとなでた。

新聞のざらざらした表面が感じ取れるほど繊細な触り方で。指先にインクの染みがついた。染みを舌で湿らせ、ティッシュでふき取った。そして補足記事を切り抜き、ポケットにしまった。

工場から家に帰る途中で、ダラハイドはボートやキャンピングカーで使われる溶けやすいトイレットペーパーと、鼻吸入器を買った。

花粉症ではあったが、気分はよかった。鼻の大がかりな形成手術を受けた人の例にもれず、ダラハイドにも鼻毛がなく、花粉症は悩みの種だった。上気道の感染症にもよくかかった。

ミズーリ川を越えてセントチャールズに渡る橋の上でトラックが立ち往生していて、十分間待たされたが、ダラハイドは辛抱強く坐っていた。彼の黒いワゴン車にはカーペットが敷かれ、なかはひんやりして静かだった。ステレオではヘンデルの『水上の音楽』が流れていた。

音楽に合わせて指先で軽くハンドルを叩き、鼻にティッシュを当てた。

隣のレーンでふたりの女がコンバーチブルに乗っていた。ふたりともショーツをはき、へその上でブラウスを結んでいた。ダラハイドはワゴン車の運転席からコンバーチブルを見おろした。ふたりは疲れ退屈した様子で、眼を細めて沈みゆく太陽を見ていた。助手席の女は座席に頭を押しつけ、両足をダッシュボードにのせて、体をくの字型に曲げているので、むき出しの腹にしわが二本入っていた。腿の内側に口で吸った跡があった。女はダラハイドが見ているのに気づき、坐り直して脚を組んだ。顔にうんざりした嫌悪感が表われていた。

彼女が運転席の女に何か言った。ふたりともまっすぐまえを見た。女たちが彼について話しているのがわかったが、それでも腹が立たないのが心底うれしかった。もうたいていのことでは腹が立たない。自分にふさわしい威厳が身についてきているのがわかった。

音楽がとても心地よかった。

まえの車が動きだした。隣のレーンはまだ滞っている。ダラハイドは家に帰るのが待ちきれなかった。音楽に合わせてハンドルをとんとんと叩き、もう一方の手で窓をおろした。

ダラハイドは咳払いをして、緑の痰を隣の女の膝に吐き出した。痰は彼女のへそのすぐ横に落ちた。女の罵声がヘンデルを伴奏に甲高く響き、ダラハイドが走り去るうちに小さくなった。

ダラハイドの大きな台帳には少なくとも百年の歴史があった。黒い革の表紙で四隅には真鍮があしらわれ、あまりにも重いので、頑丈な工作台にのせて、階段の上の鍵のかかるクロゼットにしまってあった。セントルイスの老舗の印刷会社の倒産セールでひと目見たときから、これは自分のものにしなければならないと確信した品だった。

入浴してキモノをまとったダラハイドは、クロゼットの鍵を開け、工作台を引き出した。『大いなる赤き竜』の絵の真下に台帳を持ってくると、椅子に腰を落ち着け、表紙を開いた。変色した紙のにおいが顔に立ち昇った。

最初のページには、みずから装飾した大きな文字でヨハネの黙示録のことばが引いてあった――〝また天にほかの徴《しるし》見えたり。見よ、大いなる赤き竜あり……〟。

台帳の最初の項目は、唯一きれいに貼られていないものだった。ページのあいだに挟まれたそれは、ダラハイドの幼いころの色褪せた写真で、大きな家の階段で祖母といっしょに写っていた。ダラハイドはお祖母さんのスカートの裾をつかんでいる。彼女は腕を組み、背をまっすぐ伸ばして立っている。

ダラハイドはさっさとページをめくった。まるでその写真がまちがって挟まっていたかのように無視した。

台帳には切り抜きがたくさん貼られていた。最初期のものは、セントルイスとトレドで年配女性が失踪した件について。切り抜きと切り抜きのあいだのページは、ダラハイドの手書きの文字で埋め尽くされていた。黒いインクを使った細いカッパープレート書体は、ウィリアム・ブレイク自身の手蹟と似ていなくもない。

余白には頭皮の小さな端切れが留められていた。神のスクラップブックに貼りつけられた彗星のように、何本か髪の毛の尾を引いて。

バーミングハムのジャコビ家の切り抜きがあった。ページに貼りつけたポケットにフィルム・カートリッジとスライドも入っていた。

リーズ家の記事もあり、これにもフィルムがついていた。

報道で〝歯の妖精〟ということばが使われだしたのはアトランタからだった。リーズ家の記事では、その用語をすべて線で消してあった。

ダラハイドはこの日のタトラーの記事にも同じことをした。怒りにまかせて〝歯の妖精〟の文字を赤いマーカーペンで打ち消した。

台帳の新しいページを開き、なかにきちんと収まるように、タトラーの切り抜きの大きさを整えた。グレアムの写真も入れるべきだろうか。グレアムの上の石に刻まれた〝精神障害犯罪者〟の文字はダラハイドを不快にした。監禁にかかわる光景は何であろうと大嫌いだった。グレアムの顔は彼には未知のものだった。とりあえず貼らないでおくことにした。

だが、レクター……レクター。この写真は博士をうまくとらえていない。もっといいのがある。ダラハイドはクロゼットの箱からそれを取ってきた。レクターの収監前に公開されたもので、晴れやかな眼が写っていた。ただ、それでもまだ足りない。ダラハイドの頭のなかで、レクターの姿はルネサンス期の貴公子の暗い肖像画でなければならなかった。なぜなら、あらゆる人間のなかでレクターだけが、ダラハイドの〝変身〟の厳かな栄光を理解しうる感性と経験の持ち主かもしれないからだ。

レクターはこういうことのために生贄となる人々の非現実性を知っている、とダラハイドは感じていた。彼らが生身の肉体ではなく、変容させるとすぐに消え去る光、空気、色、短い音であることを、レクターは理解しているのではないか。彼らは破裂する色とりどりの風船のようなものだ。変容するためにこそ意味があり、本人たちが必死でしがみついて守ろうとする命より、そちらのほうが重要なのだ。

ダラハイドは、削った石の粉塵に耐える彫刻家のように、悲鳴に耐えることができた。血や呼吸は、自分の〝輝き〟に燃料を投入するために変わっていく要素にすぎないことを、レクターなら理解できる。それは光源が燃えているようなものなのだ。

ダラハイドはレクターに会いたかった。話をして、共感し、ビジョンを分かち合ってともに喜びたかった。洗礼者ヨハネがあとに続くイエスを認めたように、レクターに認められたかった。黙示録を扱ったブレイクの版画で竜が獣の数字666の上に乗ったように、レクターの上に乗って、その死をフィルムに収め、死にゆく彼が竜の力と一体になるところを見たかった。

ダラハイドは新しいゴム手袋を取り出し、机のまえに行った。買ってきたトイレットペーパーの外側をはがして捨てたあと、七枚分を引き出してちぎり取った。

左手で慎重に大文字を使いながら、彼はレクターへの手紙をしたためた。

ある人物の話しことばは、書きことばを判断するうえでまったく当てにならない。想像がつかないものだ。ダラハイドの話しことばは、現実および観念上の能力障害から、ゆがんで切りつめられているが、書きことばはそれからかけ離れている。とはいえ、もっとも重要と感じていることは書けないのがわかった。

ダラハイドはレクターから返事をもらいたかった。重要なことを告げるまえに、どうしても本人からの返信が必要だった。

そのためにはどうすればいい？　レクターの切り抜きが入った箱をあさって、すべて読み直した。

ようやく単純な方法をひとつ思いつき、また書きはじめた。

書いた手紙を読み返すと、あまりにも遠慮がちで内気に思えた。〝熱烈なファンより〟と署名してある。

数分間、署名はそれでよかったかと考えた。

まちがいなく〝熱烈なファン〟だ。顎が誇らしげに持ち上がった。

手袋をはめた親指を口に入れ、入れ歯をはずしてデスクマットの上に置いた。

入れ歯の上顎の部分は異様だった。歯そのものは白くまっすぐで通常と変わらないが、ピンクのアクリル製の上顎は、彼の歯茎のねじれや裂け目に合うように曲がった形だった。補綴用の柔らかいプラスチックがついていて、いちばん奥の栓塞子が発話の際に軟口蓋を閉じやすくしていた。

ダラハイドは机の上から小さなケースを取った。そこには別の入れ歯が入っていた。上顎は同じだが、プラスチックはついていなかった。曲がった歯と歯のあいだに黒い染みがつき、かすかに悪臭がした。

それは階下のベッド脇のグラスに入ったお祖母さんの入れ歯と、まったく同じものだった。

ダラハイドは鼻腔を広げてそのにおいを嗅いだ。沈んだ笑みを浮かべて、それを口にはめ、舌で湿らせた。

手紙を署名の部分でふたつに折り、強い力で嚙みついた。紙をまた開くと、署名を囲む楕円の歯型がついていた。それが彼の公証印、ところどころ古い血の混じった彼の認印だった。

12

弁護士のバイロン・メトカーフは、五時になるとネクタイをはずし、グラスに飲み物を入れて、両足を机に上げた。

「本当に飲まないのかね？」

「またにします」グレアムは袖についたオナモミの実を取りながら、空調が入っていてよかったと思った。

「ジャコビ家のことはよく知らないんだよ」メトカーフは言った。「まだこちらに越してきて三カ月だったからね。家内と何度かあの家に飲みにいったことはあるけれども。エド・ジャコビが引っ越しのすぐあとで、新しい遺言書を作りたいからと訪ねてきた。そのときが初めての出会いだった」

「でも、あなたは彼の遺言執行人だ」

「そう。奥さんが第一執行人で、彼女が亡くなるか衰弱した場合には私が次の選択肢だった。フィラデルフィアに弟さんがいるが、兄弟仲はよくなかったようだ」

「あなたは地区検事補でしたね」

「ああ、一九六八年から七二年まで。七二年には地区検事に立候補して僅差で敗れた。いまはそれでよかったと思っている」

「事件についてどう思いますか、ミスター・メトカーフ？」

「まず頭に浮かんだのは、労働組合のリーダー、ジョゼフ・ヤブロンスキの殺害事件だ」

グレアムはうなずいた。

「動機、あの場合には権力だったが、そのための犯罪を狂人の凶行と見せかける。エド・ジャコビの資料を隅から隅まで読んだよ、地区検事局のジェリー・エストリッジと私とで。

だが、何も見つからなかった。エド・ジャコビの死で大金を手にする者はいなかった。給料はよくて、実入りのいい特許もいくつか持っていたけれど、稼ぐとほとんどすぐに使ってしまっていた。遺産はすべて奥さんのもので、ただカリフォルニアの小さな地所は子供たちとその子孫に遺される予定だった。生き残った息子名義の少額の消費者保護信託もあって、それはあと三年分の大学費にまわされる。三年たっても、まちがいなく一年生のままだろうがね」

「ナイルズ・ジャコビですね」

「ああ。エドにとっては頭痛の種だった。母親とカリフォルニアに住んでたが、窃盗でチノ刑務所に入った。あの母親は変わり者だと思う。エドは去年、息子のことを相談しにカリフォルニアに行って、本人をバーミングハムに連れ帰ってきた。バードウェル・コミュニティ・カレッジにかよわせ、なんとか家族に溶けこませようとしたが、あの息子はほかの子たちをいじめ、みんなを不愉快にした。それでもジャコビ夫人はしばらく我慢していたが、とうとう寮に送り出したというわけだ」

「彼はどこにいました？」

「六月二十八日の夜に？」メトカーフは半眼でグレアムを見た。「警察は疑ってたよ。私もだ。だが、彼は映画を見にいって、そのあと学校に戻った。裏は取れてる。それに血液型はOだ。ミスター・グレアム、あと三十分で家内を迎えにいかなければならない。なんなら明日続きを話そう。私がどんな役に立てるかな」

「ジャコビ一家の所持品を見たいのですが。日記とか、写真とか、なんでも」

「さほど多くはないよ。こっちに越してくるまえ、デトロイトで火事を起こして大半を失ったから。不審火じゃなかった。エドが地下室で溶接をしていたときに、近くに保管してあったペンキに火花が散って、そこから家に燃え移ったんだ。

　手紙がいくらかあった。少数の貴重品といっしょに貸金庫に預けてある。日記の類はなかったと思う。ほかのものはすべて倉庫だ。ナイルズが何枚か写真を持ってたかもしれないが、どうだろうな。こうしよう。明日の朝九時半に法廷に行くんだが、ついでにきみを銀行に連れていって、貸金庫の中身を見てもらい、あとでまた拾いに寄るよ」

「助かります」グレアムは言った。「もうひとつ。遺言書の検認に関するすべての書類のコピーをいただきたいのですが――一家の資産に対する請求、遺言への異議申し立て、通信文など。すべての書類をいただければと」

「それはすでにアトランタ地区検事局から要請された。アトランタのリーズ家の資産と比較してるんだろう。知っている」

「それでも自分用に一式お願いしたいのです」

「わかった。きみにもコピーだな。ただ、じつは金銭がらみの犯罪だとは思ってないんだろう?」

「ええ。ここことアトランタで同じ名前が出てこないものかと期待しているだけです」

「私もだよ」

バードウェル・コミュニティ・カレッジの学生寮は、踏み固められたゴミだらけの長方形の土地を取り囲む、四棟の小さな建物だった。グレアムが到着したときには、ステレオの音量戦争のさなかだった。

建物のモーテルふうのバルコニーに置かれ、中庭を挟んで向かい合ったスピーカーが互いに音をぶつけ合っていた。キッス対チャイコフスキーの序曲一八一二年。水風船が高々と弧を描き、グレアムから三メートル先の地面に落ちて破裂した。

グレアムは洗濯紐の下をくぐって、倒れた自転車をまたぎ、ナイルズ・ジャコビがほかの学生と共用している続き部屋の居間を通り抜けた。ジャコビの寝室に入るドアは開いていて、そこから音楽が大音量で鳴り響いていた。グレアムはノックをした。

返答なし。

ドアを押し開けた。のっぽでにきび面の若者がツインベッドのひとつに坐り、長さが一メートル以上あるマリファナ用水煙管を吸っていた。オーバーオールを着た娘がもうひとつのベッドに横たわっていた。

若者がさっと首をめぐらしてグレアムを見た。考えるのに苦労していた。

「ナイルズ・ジャコビを探しているんだが」

若者は茫然としていた。グレアムはステレオのスイッチを切った。

「ナイルズ・ジャコビを探しているんだが」

「喘息のちょっとした治療だよ。あんた、ノックしないの？」

「ナイルズ・ジャコビはどこだい？」

「知るかよ。やつになんの用があんの」

グレアムは身分証を見せた。「真剣に思い出すことだな」

「わ、最低」娘が言った。

「麻薬捜査官か、くそ。おれなんか追ってもしょうがないだろ。なあ、ちょっと話し合おうぜ」

「ジャコビがどこにいるか話し合おう」

「見つけてあげられると思うけど」娘が言った。

グレアムが待っているあいだ、娘はほかの部屋に入って尋ねた。彼女がどこかに入るたびにトイレの流れる音がした。

ナイルズ・ジャコビの部屋に本人の形跡はほとんどなかった——箪笥の上に家族の写真が一枚置いてあるだけだった。グレアムはその上にのった氷の溶けかけたグラスを持ち上げ、丸い水の跡を袖でふいた。

娘が戻ってきて、「〈ヘイトフル・スネーク〉をのぞいてみて」と言った。

ヘイトフル・スネークは通りに面した酒場で、窓は深緑に塗られていた。店の外に停められた車は奇妙な取り合わせだった。トレーラーがないので切りつめられたように見える大型トラック、小型乗用車、ライラック色のコンバーチブル、ドラッグレースふうの外観のために車体後部を不恰好に高くした旧型のダッジやシボレー、フル装備のハーレーダビッドソン四台。入口のドアの上に設置されたエアコンから、水滴が絶え間なく歩道に落ちていた。

グレアムは水滴をよけながらなかに入った。

店内は混んでいて、消毒剤と男性用香水《カヌー》の饐えたにおいがした。オーバーオールを着たしゃがれ声の女性バーテンダーが、カウンターに群がる客の頭越しに、グレアムにコークを渡した。店にいる女性は彼女だけだった。

色黒で痩せぎすのナイルズ・ジャコビがジュークボックスのまえにいた。機械に金を入れるのはジャコビだが、ボタンを押すのは隣の男だった。

ジャコビは自堕落な学生に見えたが、音楽を選んでいる男はちがった。筋骨隆々のたくましい体に、少年のような顔。Tシャツにジーンズという恰好で、ジーンズは色落ちし、ポケットにものが入っている。両腕の筋肉はごつごつと盛り上がり、手は大きくて醜かった。片方の前腕には本格的な刺青で〝ファックの天才〟と書かれ、もう一方の腕には〝ランディ〟という刑務所の雑な刺青がある。囚人の短い髪が不揃いに伸びていた。明るいジュークボックスのボタンを押そうと伸ばした前腕に、毛を剃った小さな個所があるのが見えた。

グレアムは腹の一部が冷たくなるのを感じた。

ナイルズ・ジャコビと〝ランディ〟のあとについて、人混みのなかを店の奥に向かった。ふたりはブース席に坐った。

グレアムはテーブルから一メートル足らずのところで立ち止まった。

「ナイルズ、ウィル・グレアムという者だ。話がしたいんだが、数分もらえないか」

ランディが顔を上げ、明るい作り笑いを浮かべた。前歯の一本が死んでいた。「あんた、おれの知り合いか？」

「いや。ナイルズ、話があるんだ」

ナイルズは、なんだというふうに片方の眉を上げた。チノでどんな経験をしたのだろうとグレアムは思った。

「おれたちふたりで話をしてるんだ。失せろ」ランディが言った。

グレアムは、ランディの刺青で汚れた前腕を見て考えた。肘の内側の小さな絆創膏と、ランディがナイフの刃の切れ味を試した、毛のない場所を見た。ナイフ使いの皮膚病だ。**ランディは怖ろしい。攻撃をしかけるか、退却するか。**

「聞こえたか？」ランディが言った。「失せろ」

グレアムは上着のボタンをはずして、身分証をテーブルに置いた。

「黙って坐ってろ、ランディ。もし立とうとしたら、へそがふたつできるぞ」

「あ、すみません」即座に囚人の誠意が示された。

「ランディ、ひとつやってほしいことがある。左の尻ポケットにあるものを取り出してくれ。二本の指だけを使って。十数センチのナイフで、開刃突起《フリケット》をつけてるな。それをテーブルに置いて……ありがとう」

グレアムはナイフを自分のポケットに入れた。柄がべたついている気がした。

「さて、反対側のポケットに入っているのは財布だ。それも出してくれ。今日、血を売ったんだろう？」

「だから？」

「そのときもらった伝票を見せてくれ。次回、血液銀行で提示する紙だ。それをテーブルに広げて」

ランディはO型だった。これで除外。

「刑務所を出てどのくらいになる？」

「三週間」

「保護監察官の名前は？」

「おれは仮釈放じゃない」

「それはたぶん嘘だな」グレアムはランディを動揺させたかった。法の規制を超えた長さのナイフを所持していたことでも逮捕できる。酒類販売免許のある場所にいたのも宣誓釈放違反だ。グレアムには、ランディに腹が立つのは自分が彼を怖れたからだとわかっていた。

「ランディ」

「ああ」

「出ていけ」


「なんの話ができるのかわからない。親父のことはあまり知らなかったから」ナイルズ・ジャコビは、グレアムが学校へと走らせる車のなかで言った。「親父はおれが三歳のときにお袋を捨てたんだ。そのあとは会ったことがなかった――お袋が許さなかった」

「去年の春、きみに会いにいったんだろう」

「ああ」

「チノに」

「知ってるんだ」

「そこをきちんと知りたい。どんな様子だった？

「いや、いきなり面会室に現われたのさ。背筋をピンと伸ばして、まわりを見もせずに。あそこじゃみんな動物園に来たみたいにふるまうけどね。親父の悪口はお袋からしょっちゅう聞かされてた。でも、そんなに悪い人には見えなかった。なんかダサいスポーツジャケットを着て立ってるおっさんだった」

「彼はどんなことを話した？」

「おれをくそみたいに罵りはじめるか、本当に自分が悪かったと謝るか、どっちかだろうと思ってた。面会室の会話はだいたいそうだから。ところが彼はただおれに、学校に行けると思うかと訊いた。学校にかようなら面倒を見てやると言った。がんばってみるならと。〝おまえは少し自分で努力しなきゃならない。やってみることだ。学校にかよえるように私のほうでなんとかするから〟みたいなことを」

「出所するまでにどのくらいかかった？」

「二週間」

「ナイルズ、チノにいたときに自分の家族のことをしゃべらなかったか。四人仲間とか、ほかの誰かに」

ナイルズ・ジャコビはグレアムをさっと見た。「ああ。いや、そうか、しゃべってない。親父のことなんか長年考えてもいなかったんだから。しゃべるわけないだろ？」

「大学では？　友だちを両親の家に連れていったりしなかったか」

「両親じゃなくて片親だよ。彼女はおれのお袋じゃなかった」

「誰かを家に連れていかなかった？　学校の友だちとか……」

「悪い仲間とか？」

「そうだ」

「なかった」

「一度も？」

「一度もだ」

「事件が起きる一、二ヵ月前に、何かについて脅されてるとか、困らされてるとか話してなかったか」

「おれと最後に話したときには困ってたけど、あれはただおれの成績が悪かったからだ。ずいぶんさぼったからね。目覚まし時計をふたつ買ってもらった。だけど、おれが知るかぎり、ほかに悩みはなかった」

「彼の個人的な書類や、手紙、写真の類は持ってない？」

「ないね」

「家族の写真を一枚持っていただろう。きみの部屋の箪笥の上にあった。水煙管の近くに」

「あれはおれの煙管じゃないよ。あんな汚いもの、口に入れるか」

「あの写真が必要なんだ。コピーさせてもらって、あとで返す。ほかに何を持ってる？」

ジャコビは煙草を一本、パックから振り出し、ポケットを叩いてマッチを探した。

「あれだけだよ。あれもなんでくれたのか見当がつかない。親父がミセス・ジャコビとあのちっこいガキどもにニコニコしてさ。もう返さなくていいよ。おれにはあんな顔、一度も見せたことがなかった」

グレアムはジャコビ家について知らなければならなかった。バーミングハムの彼らの新しい知り合いはほとんど役に立たなかった。

バイロン・メトカーフの手配で銀行の貸金庫を見ることができた。ほとんどが仕事関係の手紙の薄い束を読んでいき、宝石や銀器をひとつずつ確認した。

暑いなか三日をかけて、グレアムはジャコビ一家のものが保管されている倉庫で働いた。夜はメトカーフも手伝ってくれた。すべての荷運び台にのったすべての木箱を開け、中身を検めた。警察の撮った写真のおかげで、家のなかのどこに何があったのかがわかった。

ほとんどの家具は、デトロイトの火事で出た保険金で購入した新品だった。ジャコビ一家には、所有物に自分たちの跡を残す時間がなかったのだ。

なかのひとつ、まだ指紋採取用の粉が残ったナイトテーブルがグレアムの注意を惹いた。天板の中央に緑色の蠟の滴が固まっていたからだ。

殺人者はロウソクの光が好きなのだろうか。グレアムがそう思ったのは二度目だった。

バーミングハムの鑑識チームは快く情報を提供してくれた。

バーミングハムと、ワシントンのジミー・プライスが、木にあったソフトドリンクの缶から採取できたのは、ぼんやりした鼻の先の跡だけだった。

FBI科学研究所の火器・工具課から、切られた枝に関する報告があった。使われたのは厚手の刃で長さはあまりない――ボルトカッターだった。

資料課は樹皮に刻まれていた印をラングレーのCIAのアジア研究部に問い合わせて

いた。

グレアムは倉庫の木箱の上に坐って、長い報告書を読んだ。アジア研究部は、あの印は〝当てた〟とか〝的中させた〟を意味する漢字で、ときに賭けごとに使われると回答していた。〝肯定〟または〝幸運〟の印とも考えられている。麻雀牌にも使われる文字だ、とアジアの学者たちは指摘した。それは〝赤き竜〟を表わす印だった。

13

ワシントンのFBI本部で、クロフォードがバーミングハム空港にいるグレアムと電話で話していると、秘書がオフィスをのぞいて注意を惹いた。

「ボルティモア病院のチルトン博士からです、2706番に。緊急だということで」

クロフォードはうなずいた。「ちょっとこのまま待っていてくれ、ウィル」電話のボタンを押した。「クロフォードです」

「フレデリック・チルトンです、ミスター・クロフォード、ボルティモアの――」

「わかります、博士」

「ここに手紙があります、正確に言うと二通。差出人はどうやら、あの人たちを殺した男のようです、アトランタと――」

「どこで手に入れたのですか」

「ハンニバル・レクターの監房です。こともあろうにトイレットペーパーに書かれていて、歯型がついている」

「それ以上手を触れずに読んでもらうことは可能ですか」

落ち着いた口調になるよう努めながら、チルトンは読んだ。

わが親愛なるレクター博士
私に興味を抱いていただき、喜んでいることをお伝えしたいと思いました。多数の手紙をやりとりしておられるなかで、私などが差し上げても、とも思いましたが、もちろん私には勇気があります。私が誰かわかっても、あなたが彼らに伝えることはないと信じています。それに、私がいまどんな肉体に入っているかは些末なことです。
重要なのは私がこれから何に〝変身〟するかです。これを理解できるのはあなただけだとわかっています。あなたにぜひ見ていただきたいものがあります。いつか、たぶん、状況が許すときに。文通していただけるとありがたく……

「ミスター・クロフォード、ここで紙に穴があいています。そのあとこう続きます」

私は長年あなたを崇敬してきました。あなたの報道記事はひとつ残らず集めています。

どれも不公平な評価だと思います。私に対する評価と同じように。彼らは人の面目を傷つける呼び名をつけたがりませんか？〝歯の妖精〟。これほど不適切な呼び名があるでしょうか。あなたが報道で同様の不当な扱いを受けていなければ、私はそんな呼び名をあなたに見られて恥じ入ったことでしょう。
グレアム調査官に興味があります。当局の人間にしては奇妙な顔つきではありませんか？　あまりハンサムではないけれども、決然とした意志が感じられて。
いらぬことに首を突っこむなと、あなたのほうから教えてやるべきでしたね。
こんな便箋で申しわけありません。もし呑みこまなければならなくなった場合、すぐに溶けるようにということで選びました。

「ここから欠けている部分があります、ミスター・クロフォード。最後の部分を読みます」

あなたから連絡をいただければ、次の機会にはもっとすばらしいものをお送りするかもしれません。そのときまでずっとあなたの――

熱烈なファンより

チルトンが読み終えたあと、沈黙ができた。「もしもし？」

「ああ。レクターはあなたが手紙を持っていることを知っているのですか」

「まだ知られていません。今朝、彼は厳重警備区画の清掃のために待機房に移されたのです。清掃員が本来の布ではなくトイレットペーパーで洗面台をふこうとロールから引き出したときに、ロールのなかに挟みこまれていたのを見つけて、私のところに持ってきました。隠されていたものはなんであれ、私に見せることになっているので」

「レクターはいまどこに？」

「まだ待機房にいます」

「そこからもとの区画が見えますか」

「ええと……いや、見えませんね」

「少々お待ちを、博士」クロフォードはチルトンを待機状態にして、電話機でまたたくふたつのボタンを数秒、見るともなく見ていた。人を釣り上げる専門家のクロフォードは、川で浮きが動くのを見つめていた。またグレアムとつないだ。

「ウィル……手紙が、おそらく〝歯の妖精〟が書いたものだが、ボルティモアのレクターの監房に隠されていた。どうもファンレターのようだ。レクターに認められたいらしく、きみにも好奇心をそそられて、質問している」

「レクターはどう返事するのですか」

「そこはまだわからない。破られたり、削られたりした個所があってね。われわれが知っていることをレクターに悟られないかぎり、やりとりがあるかもしれない。問題の手紙を科研にまわして、レクターの監房を捜索したいところだが、危険でもある。レクターに知られたら何をするかわからんだろう？　犯人に警告するかもしれない。このつながりは必要だが、手紙も必要だ」

クロフォードはグレアムに、レクターが待機房にいることと、手紙が見つかった経緯を説明した。「ボルティモアまで六十五キロ。きみの帰りは待っていられないな。どう思う？」

「一カ月で十人が死んだんです。長々と手紙のやりとりをさせるわけにはいかない。行くべきでしょう」

「私が行く」クロフォードは言った。

「では、二時間後に」

クロフォードは大声で秘書を呼んだ。「セイラ、ヘリコプターを頼んでくれ。うちのでもいいし、DC警察でも、海兵隊でも、どこのヘリでもかまわんから、いますぐ飛べるやつを。あと、資料課に電話して文書保管ケースを持ってこさせろ。それからハーバートに至急、捜索チームを集めろと。屋上に五分後に集合だ」

クロフォードはチルトンの回線につないだ。

「チルトン博士、レクターに知られることなく、彼の監房を捜索しなければならない。あなたの助けが必要です。このことを誰かに言いましたか」

「いいえ」

「手紙を見つけた清掃員はどこに？」

「いまこのオフィスにいます」

「そこにいさせてください。それからこれは口外しないようにと。レクターが監房から離れてどのくらいになります？」

「三十分ほどです」

「それはふだんと比べて長い？」

「いいえ、いまのところは。ですが清掃にかかるのは約三十分ですから、もうすぐ、どうしたんだろうと思いはじめるでしょう」

「なるほど。こうしてもらえますか。そちらのビルの管理者か技師か、とにかく責任者に電話して、ビル内の水道を止め、レクターの収容区画のブレーカーを落としてもらう。

そのうえで、工具を持った責任者が待機房のまえの通路を歩く。カンカンに腹を立て、急いでいて、とても質問に答えるどころではない――いいですね？　責任者には私のほうからあとで説明すると伝えてください。今日のゴミ収集もまだ来ていなければキャンセルしてください。手紙には触らないように。これからわれわれがそちらに向かいます」

クロフォードは科学分析課長に電話をかけた。「ブライアン、緊急で入ってくる手紙がある。〝歯の妖精〟が書いたものかもしれない。最優先事項だ。見つかった場所から、気づかれずに一時間以内にこっちに来る。まず毛髪・繊維にまわして、潜在指紋、資料、それからきみのところだ。彼らと調整しておいてくれるかな……そう、私が持ち帰る。私自身が直接届けるよ」

クロフォードが手紙を持って屋上からおりてきたエレベーターは暑かった。連邦の規定で二十七度に設定されている。クロフォードの髪はヘリコプターの風圧でぼさぼさだった。研究所の毛髪・繊維課に着いた彼はハンカチで顔をふいていた。

毛髪・繊維は小さな課で、みな静かに忙しく立ち働いていた。共用の部屋には、国じゅうの警察から送られてきた証拠品の箱が積まれていた――なかには、口を封じたり手首を縛ったりしたテープや、ちぎれて汚れた衣類、死者が横たわっていたシーツなどが入っている。

箱のあいだを縫っていくと、検査室の窓の向こうにベヴァリー・カッツがいた。白い紙で覆われたテーブルの上に、子供のつなぎの服を二着、ハンガーで吊している。空気の流れない部屋で、まばゆい光に照らされて、金属製のヘラで服をなでていった。注意深く生地のうねに沿って、あるいはうねを横切って、毛羽の立つ方向、そして寝かせる方向に。すると紙の上に埃と砂がぱらぱらと落ちた。とともに、動かない空気のなかを砂よりは遅く、しかし綿埃よりは速く、小さく丸まった髪の毛が落ちた。カッツはちょっと首を傾げ、コマドリのように聡明な眼でそれを見た。

クロフォードには彼女の唇が動くのが見えた。何を言っているかわかった。

「捕まえた」

それが彼女の口癖だった。

クロフォードがガラスをコツンと叩くと、カッツは白い手袋を脱ぎながら急いで出てきた。

「指紋採取はまだなんでしょう？」

「まだだ」

「隣の検査室で準備してる」クロフォードが文書ケースを開いているあいだに、彼女は新しい手袋をはめた。

ふたつに分かれた手紙は、二枚の透明なフィルムのあいだに丁寧に挟まれていた。ベヴァリー・カッツは歯型を見てクロフォードのほうに顔を上げたが、質問で時間を無駄にはしなかった。

クロフォードはうなずいた――手紙の歯型は、彼がボルティモアに持っていった殺人者の透明な歯の模型と一致した。

クロフォードはガラス越しに、カッツが手紙を細い棒に引っかけて白い紙の上に持っていくのを見つめた。彼女は強力な拡大鏡でそれを検分し、弱い風を当てて揺らした。ヘラの端で棒を軽く叩き、その下の紙を拡大鏡で確認していった。

クロフォードは腕時計を見た。

カッツは別の棒に手紙を移して、先ほどとは反対側を表にした。その表面から髪の毛ほどの細さのピンセットで何か小さなものをつまみ取った。

彼女は手紙の破れたふたつの端を高倍率で拡大して写真に撮り、手紙をケースに戻し、新しい白手袋をひと組、同じケースに入れた。素手で触るなという意味の白手袋は、指紋の確認が終わるまでつねに証拠物件の横に添えておかれる。

「以上」彼女はケースをクロフォードに戻しながら言った。「髪の毛が一本、太さはおそらく〇・八ミリほど。青い粒子が三つ。これはもっと調べてみる。ほかに何かある？」

クロフォードは印のついた封筒を三つ、彼女に渡した。「レクターの櫛についていた髪の毛と、レクターに使わせた電気剃刀のひげ、それから清掃員の髪だ。じゃあまた」

「またあとで」カッツは言った。「あなたの髪もすてき」

潜在指紋課のジミー・プライスは、きめの粗いトイレットペーパーを見て顔をしかめた。部下の技術者がヘリウム・カドミウム・レーザーで指紋を見つけて蛍光を発させようとするのを、うしろから肩越しに真剣な眼差しで見ていた。紙の上に輝く汚れが現われたが、たんなる汗染みだった。

クロフォードはプライスに質問しかけたが、考え直して相手の発言を待った。彼の眼鏡に青い光が反射した。

「少なくとも三人が手袋なしでこれを扱ったんだな？」プライスが言った。

「そうだ。清掃員と、レクターと、チルトン」

「洗面台を洗っていた男は指から脂が落ちていたかもしれないが、ほかのふたりは——

こりゃひどいな」老斑の浮いた手で鉗子を器用に使いながら、手紙を光に透かして見た。「ヨードガスを試してもいいが、ジャック、暴露した指紋があんたの求める時間内に消えるかどうかは保証できんね」

「ニンヒドリンは？　噴霧して加熱する？」ふだんクロフォードはプライスに技術的な提案はしないが、このときにはとにかく焦っていた。不機嫌な答えが返ってくるだろうと覚悟したものの、老科学者は悲しげな暗い声で言った。

「いや、あとで消せなくなる。ここから指紋は採れないな、ジャック。残っとらんよ」

「くそ」クロフォードは言った。

老人は顔を背けた。クロフォードは相手の骨張った肩に手を置いた。「いや、ジミー。もし残ってたら、あんたがとっくに見つけてる」

プライスは答えなかった。すでに別の件で届いた両手の荷解きに取りかかっていた。ゴミ箱からドライアイスの煙が立ち昇った。クロフォードは白手袋を煙のなかに捨てた。

胃のなかで失望がうごめくのを感じながら、クロフォードは資料課に急いだ。ロイド・ボウマンが待っていた。ボウマンは法廷にいたところを呼び戻され、集中をいきなり断ち切られて、いま目覚めた男のようにまばたきしていた。

「斬新な髪型だね。勇気を称えるよ」ボウマンはすばやく慎重に手紙を作業台に移しながら言った。「時間はどのくらいもらえる？」

「せいぜい二十分だ」

ふたつに分かれた手紙はボウマンの当てた光の下で輝いて見えた。上の部分にあいたギザギザの四角い穴から、深緑色のデスクマットがのぞいていた。

「まずいちばんに知りたいのは、レクターがこれにどう返信するかだ」ボウマンが読み終えると、クロフォードは言った。

「返事のしかたは、おそらく破り取られたところだね」ボウマンは話しながら片時も手を止めず、光やフィルターや複製カメラを調節していた。「この上の部分で彼は〝文通していただけるとありがたく……〟と書き、そこから穴が始まっている。レクターは該当個所をフェルトペンで消し、折って、あらかたちぎり取ってしまった」

「やつは切る道具は持っていない」

ボウマンは極端に斜めのライトの下で歯型と手紙の裏側を撮影した。ライトを紙のまわりで三百六十度動かすにつれて、彼の影が壁から壁へ跳び、両手が空中で幽霊のように曲がったり伸びたりした。

「こうやって少しつぶせる」ボウマンは手紙を二枚のガラス板に挟み、ギザギザの穴の縁を平らにした。破れたところは朱色のインクで汚されていた。ボウマンは小声で同じことばをくり返していた。三度目でようやく、クロフォードはそのことばを聞き取った。

「おまえはずる賢いが、こっちも同じだぞ」

ボウマンは小型のテレビカメラのフィルターを入れ替え、手紙に焦点を合わせた。部屋の灯りを落として、ランプのくすんだ赤い光と青緑のモニター画面だけが見えるようにした。

〝文通していただけるとありがたく〟の文字と、ギザギザの穴が画面で拡大された。インクの染みが消え、穴の縁に文字の一部が浮かび上がった。

「カラーインクのアニリン染料は赤外線を通すんだ」ボウマンが言った。「これとこれはTの上の端かもしれない。最後はMかN、ことによるとRかな」ボウマンは写真を撮って、ライトをつけた。「ジャック、人が一方的にコミュニケーションをとる方法は、おもにふたつしかない――電話と出版物だ。レクターはすばやく電話をかけられるかな？」

「電話はかけられるが、時間がかかるし、かならず病院の交換台経由になる」

「すると、安全な方法は出版物だけだ」

「この愛しの君がタトラーを読んでるのはわかってる。グレアムとレクターの話はタトラーにのった記事だから。私が知るかぎり、ほかの新聞にはのっていない」

「タトラー（Tattler）には、Tが三つとRがひとつ入っている。個人広告欄はどうだ？探すのはそこだ」

クロフォードはFBIの資料室に確認し、シカゴ支局に電話で指示を伝えた。

話し終えた彼に、ボウマンがケースを渡した。

「タトラーは今日の夕方出る」クロフォードは言った。「シカゴで月曜と木曜に刷られるんだ。個人広告の試し刷りを入手する」

「もう少しわかるかもしれない。些細なことだろうけど」ボウマンは言った。

「役に立ちそうだったら、すぐにシカゴに直接伝えてくれ。私は犯罪者病院から戻ってきたあとで教えてもらう」クロフォードはドアに向かいながら言い残した。

14

ワシントン地下鉄中央駅の回転式改札口が、グレアムの運賃カードを吐き出した。彼はフライトバッグを持って、午後の日盛りのなかに出た。

J・エドガー・フーヴァー・ビルは、十番通りの陽炎の上に立つ大きなコンクリートの檻のように見えた。グレアムがワシントンを去ったときに、ちょうどFBIの新庁舎への移転が進んでいたので、彼は眼のまえのビルで働いたことがなかった。

クロフォードが地下の車まわしの脇にある警備員詰所でグレアムを迎え、急遽発行されたグレアムの身分証に加えて、自分の身分証も提出した。グレアムは見るからに疲れ、入局の手続きをするのにも苛立っていた。殺人者に考えを向けられているのがわかって、どういう気持ちでいるのだろうとクロフォードは思った。

グレアムは、クロフォードのチョッキについているのと同じ磁気カードを受け取った。それをゲートに差し入れ、長く白い通路を進んだ。クロフォードが彼のバッグを運んだ。

「迎えの車の手配をセイラに頼むのを忘れた」

「たぶん地下鉄のほうが早かったと思います。手紙はレクターのところに無事返しましたか」

「ああ」クロフォードは言った。「さっき戻ってきた。通路の床に水をあふれさせたのだ。パイプが壊れて電気がショートしたと言ってね。シモンズが——いまボルティモアの特別捜査官補だが——手伝ってくれた。レクターが監房に戻されたときには、彼が通路でモップをかけていた。レクターは疑っていなかったとシモンズは言ってる」

「飛行機のなかで、レクター自身が書いたのかもしれないと何度も考えました」

「私も現物を見るまでは悩んだよ。だが、嚙み跡は女性たちについていたのと同じだし、使われたのはボールペンで、レクターは持っていない。書いた人間はタトラーを読んでいるが、レクターはタトラーを取り寄せていない。ランキンとウィリンガムが監房を徹底的に調べた。完璧な仕事だったが、何も見つからなかった。ふたりは最初にポラロイドで監房内を撮っておいて、すべて同じ場所に戻したんだ。そのあと清掃員が入って、いつもの作業をした」

「すると、あなたの考えは？」

「犯人の特定につながる物証という点では、あの手紙はゴミ同然だ」クロフォードは言った。「ふたりの接触をなんとかうまく利用したいんだが、どうすればいいのか見当もつかん。科研の残りの調査結果があと数分で入ってくる」

「病院の郵便物と電話は監視していますか」

「レクターが電話するときには、かならず追跡して録音するという命令が出ている。レクターが最後に電話をかけたのは土曜の午後だ。チルトンには、顧問弁護士にかけると説明したらしいが、忌々しいことに長距離定額サービス《WATS》だから、本当かどうかはわからない」

「弁護士はなんと？」

「何も。レクター用に病院の交換台からここまで専用回線を引いた。今後われわれを迂回することがないようにね。やつの手紙は次の配達から出入りともに監視する。令状は問題なかった、ありがたいことに」

クロフォードはドアに近づき、チョッキのカードを錠のスロットに入れた。「私の新しいオフィスだ。入ってくれ。内装業者が戦艦で使ったペンキの残りを持ちこんだ。これが問題の手紙だ。この写しと正確に同じサイズだ」

グレアムはそれを二度読んだ。細いクモの脚のような線が自分の名前を綴っているのを見て、頭のなかで甲高い音が鳴りはじめた。

「資料室が確認してくれたが、レクターときみの記事をのせた新聞はタトラーだけだ」クロフォードが鎮痛薬《アルカセルツァー》をのみながら言った。「一錠どうだ？　効くぞ。タトラーが発行されたのは一週間前の月曜の夜で、火曜には全国のニューススタンドに並んだ。アラスカ州とかメイン州といった一部の地域は水曜になったが。〝歯の妖精〟が火曜よりまえに入手したことはありえない。やつは記事を読み、レクターに手紙を書いた。ランキンとウィリンガムはいまも病院のゴミ箱から封筒を見つけ出そうとしている。気の毒な仕事だ。ふたりともチェサピークでは書類とおむつの分別なんてしてないからな。

それはともかく、レクターは〝歯の妖精〟から水曜以降に手紙を受け取った。返信方法について書かれた部分を破り、そのまえの関連個所をペンで消して抜き取った。どうしてそこも破ってしまわなかったんだろうな」

「お世辞だらけの段落のまんなかだったからでしょう」グレアムが言った。「そこは台なしにできなかった。だからすべて破り捨てなかった」両手の拳でこめかみをもんだ。

「ボウマンは、レクターがタトラーを使って〝歯の妖精〟に返事するだろうと言っている。おそらくそういう取り決めだろうと。きみもレクターが返事を出すと思うかね」

「もちろんです。彼は筆まめだ。そこらじゅうに文通相手がいる」

「彼らがタトラーを使うとしたら、レクターには、今晩印刷される号に返事を送る時間はほとんどなかった。たとえ〝歯の妖精〟から手紙をもらったその日に速達で新聞社に送ったとしてもね。シカゴ支局のチェスターがタトラーに出向いて個人広告を調べている。いまちょうど印刷業者が刷り終わった新聞をまとめているところだ」

「どうかタトラーをあまり刺激しないように」グレアムが言った。

「印刷所の主任はチェスターを、広告に飛びつきたい不動産屋だと思っていて、試し刷りを一枚ずつこっそり売っている。われわれは煙幕のためにすべての個人広告を手に入れている。さて、レクターの返事のしかたがわかって、こちらでも同じ方法がとれたとしよう。つまり〝歯の妖精〟に偽のメッセージを送れるようになったとする。そのとき何を伝える？　どう利用する？」

「露骨な方法は、〝歯の妖精〟を郵便受取所までおびき出すことです」グレアムは言った。「やつが見たがるような餌をまく。レクターがぼくと話したことで知った〝重要な証拠〟があると伝える。やつがすでに犯して、もう一度犯すのをわれわれが待っているあやまちがある、と」

「そんなのに引っかかるのはまぬけだ」

「わかってます。最高の餌は何か教えましょうか」

「あまり知りたくない気がする」

「レクターが最高の餌です」グレアムは言った。

「どうしかける?」

「むずかしいのはわかってます。レクターをFBIの保護下に移し——これにはチルトンが黙ってはいないでしょうが——ヴァージニア州の最高警備の精神科病院に隠しておく。そのうえで、脱走したという偽情報を流すのです」

「なんてことだ」

「その派手な〝脱走〟のあと、翌週のタトラーに〝歯の妖精〟宛てのメッセージをのせる。レクターが彼に会いたがっていることにするのです」

「いったい誰がレクターに会いたがるというんだね。たとえ〝歯の妖精〟だろうと、なぜ会いたがる?」

「レクターを殺すためですよ、ジャック」グレアムは立ち上がった。話しながら外を眺められる窓はなかったので、部屋の壁のたったひとつの飾りである〝最重要手配の十人〟のポスターのまえに立った。「わかるでしょう。それで〝歯の妖精〟はレクターを取りこむことができる。レクターを呑みこんで、いまの自分より大きくなれる」

「確信している口調だな」

「そんなことはありません。確信なんて誰にできます? 彼は手紙に〝あなたにぜひ見ていただきたいものがあります。いつか、たぶん、状況が許すときに〝と書いた。真剣な誘い文句じゃないでしょうか。たんなる社交辞令ではない」

「いったい何を見せたいんだろうな。それらはおそらく……ブルームはなんと言った？」

しか失われていない。それらはおそらく……ブルームはなんと言った？」

「摂取された、と」グレアムは言った。「彼が何を持っているのかは神のみぞ知るです。

トレモント、ワシントン州スポケーンのトレモントのトレモントの衣装を憶えていますか。担架に縛りつけられても、彼は顎で衣装を指し示してスポケーンの警官たちに見せようとしていた。レクターが〝歯の妖精〟を引き寄せるという確信はありませんよ、ジャック。ただ、最善の策だと言っているだけで」

「レクターが脱走したと世の中が思いこんだら、驚天動地の騒ぎになるぞ。国じゅうの新聞がわれわれに叫びまくる。最善の策かもしれんが、最後にとっておきたい」

「やつは郵便受取所に近づかないかもしれませんが、レクターが自分を売ったかどうか好奇心をかき立てられて、そこを見にいくことはあるかもしれない。もし充分離れて見られるならですが。だから、離れた観察地点がごく少数ある受取所で会うことにして、その観察地点を張りこむのです」口にしたグレアムにも、説得力のない提案に思えた。

「シークレットサービスが、一度も使ったことのない場所を確保している。われわれに使わせてくれるかもしれん。だが、今日広告をのせないなら、次の号が出る来週月曜まで待たなければならない。正式な印刷はこっちの時間で五時だ。つまり、シカゴでレクターの広告が出るまでにあと一時間十五分ある。もし出るとすればだが」

「レクターの注文は調べられませんか。タトラーに彼が広告掲載を注文した手紙です。それをもっと早く手に入れられませんか」

「そこのところは、シカゴ支局が一般論として印刷所の主任に探りを入れた」クロフォードは言った。「注文の手紙は個人広告の担当マネジャーのオフィスに集められる。名前と返信用住所を郵便リスト業者に売るためだ。業者はひとり暮らしの人向けの製品や、恋愛のお守り、ビタミン剤、〝美しいアジアの少女との出会い〟のような女性斡旋、性格改善講座、その他を売るわけだ。

　広告マネジャーの市民としての義務やらに訴えて、他言無用で手紙を開示させることもできるだろうが、あとでタトラーに舌なめずりされる危険は冒したくない。オフィスに立ち入って手紙を押収するには捜索令状が必要だ。その方向も考えている」

「シカゴが何もつかめなかったとしても、われわれのほうで広告を出すことはできます。タトラーに関する推理がまちがっていても、失うものはない」グレアムは言った。

「もしタトラーが媒介手段だという読みが当たっていて、この手紙の内容にもとづいて返事をでっち上げ、失敗したら――本物だとやつが信じなかったら――すべては水の泡だ。そう言えば、バーミングハムのことを訊いてなかったな。何か発見はあったか」

「現場は閉鎖され、片づけられています。ジャコビの家はペンキを塗られ、改装もすんで、売りに出されている。家財は保管されて遺言書の検認を待っている状態。木箱をひとつずつ調べました。ぼくが話した人たちはジャコビ一家をあまり知らなかった。かならず話題に出たのは、家族がいかに愛し合っていたかということでした。いつも互いに触れ合っていたと。彼らについていま残っているのは、倉庫の荷運び台五つ分の物品だけです。できれば――」

「許可など必要ない。きみの事件だ」

「木に残っていた印はどうです？」

「〝的中させた〟？　私には意味不明だな」クロフォードは言った。「〝赤き竜〟もだ。ベヴァリーは麻雀を知っていて頭も切れるが、そんな彼女にもわからないらしい。やつの髪の毛から中国人ではないことはわかった」

「やつは枝をボルトカッターで切った。わからないのは――」

クロフォードの電話が鳴った。彼は手短に話した。

「手紙に関する科研の結果が出た、ウィル。ゼラーのオフィスに上がろう。ここより大きくて、灰色じゃない」

　暑いのに文書並みに汗をかいていないロイド・ボウマンが廊下でふたりに追いついた。両手にまだ濡れた写真を持ってひらひらさせ、データファクスの束を脇に抱えていた。「ジャック、四時十五分には法廷にいなきゃならない」まえを急ぎながら言った。「例の偽造屋のニルトン・エスキューと恋人のナンの件だ。彼女はフリーハンドで財務省の中期国債が書ける。この二年、ふたりはカラーコピー機で自分たちのトラベラーズチェックを偽造していてね。こっちは頭がおかしくなりそうだった。出かけるときは忘れずに、だ。間に合うように行けるかな。それとも検察官に連絡したほうがいい？」

「間に合うよ」クロフォードが言った。「さあ着いた」

　ゼラーのオフィスで、カウチに坐ったベヴァリー・カッツがグレアムに微笑み、横にいるプライスのしかめ面を埋め合わせた。

　科学分析課長のブライアン・ゼラーは職位のわりに若いが、すでに頭は薄くなり、遠近両用眼鏡をかけていた。机のうしろの本棚には、H・J・ウォールの科学捜査の教科書と、テデスキの偉大な『法医学』三巻、ホプキンズの『ドイッチュラント号の難破』の古い版が並んでいた。

「ウィル、ジョージ・ワシントン大学で一度会ったね」ゼラーは言った。「全員知っているかな？……けっこう」

クロフォードは腕を組んでゼラーの机の端にもたれていた。「誰か大当たりを引いたかな？　オーケイ、では、手紙の差出人が〝歯の妖精〟でないことを示すものを見つけた人は？」

「いない」ボウマンが言った。「数分前にシカゴと話して、手紙の裏に跡がついていた数字を伝えた。6‐6‐6だ。あとでその話になったときに、みんなにも見せよう。シカゴはいまのところ個人広告を二百以上把握してる」グレアムにデータファクスのコピーの束を渡して、「全部読んだけれど、とくに変わったものはない。結婚の申しこみだとか、家出人への呼びかけだとか。もし問題の広告が含まれていても、どうやって見分ければいいかわからない」

クロフォードが首を振った。「私もだ。まず物証を検討しようじゃないか。ジミー・プライスができることはすべてやってくれたが、指紋は見つからなかった。きみはどうだ、ベヴ？」

「ひげが一本。毛小皮の数と髄質の直径はハンニバル・レクターのサンプルと一致している。色もね。色は、バーミングハムとアトランタで得られたサンプルとは明らかにちがう。三粒の青い粒子と、いくつかの黒い染みについてはブライアンにまわした」彼女はブライアン・ゼラーのほうに眉を上げた。

「粒子は塩素の入った市販の洗剤だった」ゼラーは言った。「清掃員の手から移ったものにちがいない。ごく微量の乾いた血液の粒子もいくらかあった。まぎれもなく血液だが、量が少なすぎて型は特定できない」

「ふたつの部分の端の破れ方は、ミシン目からはずれている」ベヴァリー・カッツが続けた。「誰かがロールを保管していて、彼がまた紙を破り取っていなければ、一致するかどうかは完全にわかる。捜査担当の警官にロールを回収してくるよう勧告しておくべきだと思う」

クロフォードはうなずいた。「ボウマン？」

「うちのシャロンが紙について調べて、一致するサンプルを取り寄せた。船のトイレやキャンピングカーで使われるトイレットペーパーだ。素材が同じなのは〈ウェデカー〉という銘柄で、ミネアポリスで製造されている。販売は全国」

ボウマンは窓際のイーゼルに、持参した写真をセットした。華奢な体のわりに声は驚くほど深く、しゃべると蝶ネクタイが小さく動いた。「手書きの文字そのものについて。右利きの人間が左手で書き、意図的に活字体を使っている。見てのとおり線が不安定だし、文字の大きさも変化する。

「ソールが料理学校にかよってるの。うまくできたりできなかったりだけど、落ち着いたら毒味しにきて」

「そうする」

ゼラーも自分の研究室に引きあげ、クロフォードとグレアムだけが部屋に残って、時計を見ていた。

「タトラーの印刷まであと四十分」クロフォードが言った。「郵便を調べさせよう。どう思う？」

「そうすべきでしょうね」

クロフォードはゼラーの電話からシカゴに指示した。「ウィル、シカゴが現物を見つけた場合に、代わりに入れるものを考えておかないと」

「考えます」

「私は郵便受取所の準備をする」クロフォードはシークレットサービスに電話をかけ、しばらく話していた。会話が終わったときにも、まだグレアムは書いていた。

「よし、場所はすばらしいぞ」クロフォードはようやく言った。「アナポリスの消火器サービス会社の敷地にある戸外の郵便受取所だ。レクターの縄張りのなかだから、〝歯の妖精〟もレクターが知っていそうな場所だと思うだろう。郵便受けの箱がアルファベット順に並んでいる。配達員がそこに行って仕事の割り当てや郵便物を受ける。やつは通りの向かいの公園からそこを監視できる。恰好の場所だとシークレットサービスは言っている。彼らが偽造者を捕まえるために用意したんだが、結局使わずにすんだ。これが住所だ。広告のほうはどうだ？」

「同じ版でふたつのメッセージを使う必要があります。まず〝歯の妖精〟に、敵は思ったより近くにいると警告する。彼はアトランタで大きなあやまちを犯した、同じあやまちをくり返せば運が尽きるだろう、と。そしてレクターが〝秘密情報〟を郵送したことを伝える。われわれの捜査の内容、どのくらい逮捕に近づいているか、手がかりは何かといったことを、ぼくから聞いたことにする。そこから〝歯の妖精〟を、〝きみが使った署名〟で始まる第二のメッセージに導く。

つまり、第二のメッセージは〝熱烈なファンへ……〟で始まり、郵便受取所の住所を知らせる。そういうふうにしなければなりません。遠まわしなことばを使っても、第一のメッセージはいかれた連中を多少刺激するでしょうが、彼らも住所を見つけることができなければ、郵便受取所に殺到して作戦を台なしにすることができない」

「なるほど。見事なアイデアだ。私のオフィスで成り行きを見守りたいかね？」

「ほかのことをしたいと思います。ブライアン・ゼラーに会う必要がある」

「そうしたまえ。もしきみに急ぎで連絡したいことがあれば捕まえられるから」

グレアムは血清の研究部門で課長を見つけた。

「ブライアン、いくつか見せてもらいたいものがあるんですが」

「いいとも。なんだい？」

「〝歯の妖精〟を特定するのに使ったサンプルを」

ゼラーは遠近両用眼鏡の近距離の部分でグレアムを見た。「報告書のなかに理解できない個所があったとか？」

「いや」

「不明瞭な部分？」

「いいえ」

「不完全な部分かな？」ゼラーはまずい味でもするかのように、そのことばを発した。

「あなたの報告書に問題はありませんでした、あれ以上望めないくらい。ただ証拠を直接手に取りたいだけです」

「ああ、もちろん。それはできる」ゼラーは、現場の人間のあいだにいまなお狩りの迷信が生きていると思っていたので、喜んでグレアムに調子を合わせた。「この突き当たりにすべてそろっている」

グレアムは器具が並ぶ長いカウンターのあいだを、ゼラーについていった。「テデスキを読んでるんですね」

「そうだ」ゼラーは少し振り返って言った。「きみも知っているように、ここで法医学はやらないんだが、テデスキの本には役に立つことがたくさんのっている。グレアム。ウィル・グレアム。きみは昆虫の活動によって死亡時刻を特定する学術論文を書いて、評判にならなかったかな？　それともグレアムちがいか？」

「書きました」間ができた。「お考えのとおりです。昆虫に関してはテデスキのなかのマントとヌオルテヴァのほうがすぐれている」

ゼラーは自分の考えを言い当てられて驚いた。「まあ、あちらのほうが図版も多いし、侵入波の表もついている。気を悪くしないでくれ」

「もちろんです。彼らのほうがすぐれていますし、本人たちにもそう言いました」

ゼラーは戸棚と冷蔵庫から小壜とスライドを集め、実験カウンターの上に並べた。

「何か訊きたくなったら、さっきの場所にいるから。この顕微鏡の光源は横のここだ」

グレアムに顕微鏡は必要なかった。ゼラーの発見したことは何ひとつ疑っていない。何が欲しいのか、自分でもわからなかった。壜やスライド、バーミングハムで見つかったブロンドの髪二本が入ったグラシン紙の封筒を光にかざした。もうひとつの封筒には、リーズ夫人から採取した髪三本が入っていた。

グレアムのまえの机に唾液、毛髪、精液があった。うつろな空気のなかに何かのイメージを思い浮かべようとした。たとえば顔を。いまの形のない恐怖に代わるものを。

天井のスピーカーから女性の声が聞こえた。「グレアム、ウィル・グレアム、クロフォード特別捜査官のオフィスに至急行ってください」

ヘッドセットをつけたセイラがタイプを打ち、クロフォードが彼女の肩越しに見ていた。

「シカゴが666の入った広告の注文を見つけた」クロフォードが顔を動かさずに言った。「それをいまセイラに口述している。一部は暗号のようだ」

セイラのタイプライターから文字の行がせり上がってきた。

親愛なる巡礼者《ピルグリム》
私に敬意を表してくれて……

「これだ。これです」グレアムは言った。「レクターはぼくと話していたとき、彼を巡礼者《ピルグリム》と呼んでいた」

きみはとても美しい……

「なんてことだ」クロフォードが言った。

きみの無事のために百の祈りを捧げる。

次に助けを求めよ。ヨハネ6・22、8・16、9・1、ルカ1・7、3・1、ガラテヤ6・11、15・2、使徒行伝3・3、黙示録18・7、ヨナ6・8……

それぞれの数字の組み合わせをセイラがシカゴに読み返すあいだ、タイピングの速度が落ちた。打ち終わると、聖書を参照する数字のリストが四分の一ページを占めた。署名は〝祝福を、666〟だった。

「以上です」セイラが言った。

クロフォードは受話器を取った。「オーケイ、チェスター、これはどうやって広告マネジャーのところに入ってきた？……いや、それでよかった……完全に他言無用だ、そう。その電話のそばに待機してくれ。また連絡する」

「暗号ですね」

「ほかにありえない。メッセージを放りこむなら、あと二十二分ある。解読できるとして、だが。印刷所の主任が言うには、今回の版に入れたいなら十分前の連絡と三百ドルが必要だ。ボウマンは自分のオフィスで休憩している。きみは彼に解読してもらってくれ。私はラングレーの暗号担当と話してみる。セイラ、この広告をテレックスでCIAの暗号部門に送ってくれ。彼らにはテレックスが行くと伝えておく」

ボウマンは机にメッセージを置き、デスクマットの端にきちんとそろえた。グレアムには長すぎると思えた時間、縁なし眼鏡をふいていた。

ボウマンは仕事が速いという評判だった。爆発物の部門ですら、彼が元海兵隊員でないことに眼をつぶって、その腕前を認めていた。

「あと二十分です」グレアムは言った。

「わかってる。ラングレーには連絡したかい？」

「クロフォードがしました」

ボウマンは何度もメッセージを読んだ。逆さにしたり、横向きにしたり、端を上から下まで指でなぞったりした。本棚から聖書を取った。五分間、聞こえるのはふたりの呼吸と、薄い半透明紙をめくる音だけだった。

「だめだ」ボウマンは言った。「間に合わない。残りの時間はほかにできることにまわしたほうがいい」

グレアムは空っぽの掌を見せた。

ボウマンは椅子をまわしてグレアムと向き合い、眼鏡をはずした。鼻の両側にピンクの跡がついていた。「〝歯の妖精〟からレクターへの通信手段は例の手紙だけだということについて、かなり自信はあるのかな？」

「ええ」

「だとすれば、この暗号は単純なはずだ。一般の読者からわからなくすればいいだけだから。レクター宛ての手紙のミシン目の間隔から逆算すると、破り取られたのはせいぜい七、八センチだ。たいした指示は書けない。この数字は、刑務所の囚人がよく使う数字と文字の組み合わせ、いわゆる〝タップ・コード〟とは考えられない。〝書籍暗号《ブック・コード》〟じゃないかな」

そこにクロフォードが加わった。「ブック・コード？」

「そんなふうに見える。最初の数字〝百の祈り〟はページ番号かもしれない。聖書を参照するふたつずつの数字の組み合わせは、行と何文字目かを指す。だが、使ってる本は何だ？」

「聖書じゃないのか」クロフォードが言った。

「ちがう。聖書ではない。最初はそうだと思ったが、ガラテヤでもくろみが崩れた。第六章第十一節〝見よ、われ手ずから如何に大いなる文字にて汝らに書き送るかを〟はさそうに見えるけれども、たんなる偶然だ。次はガラテヤの第十五章第二節だから。聖書のガラテヤ人への書は六章までしかない。同じことはヨナの6・8にも言える。ヨナ書も四章までなんだ。だから聖書は使っていない」

「レクターのメッセージの暗号でない部分に書名が隠されているのでは？」クロフォードが言った。

ボウマンは首を振った。「それはないと思う」

「だとしたら、使用する本は〝歯の妖精〟が指定したんですね。レクター宛ての手紙のなかに書いていた」グレアムが言った。

「そのようだ」とボウマン。「レクターから聞き出したらどうだ？　精神科病院にはその手の薬があると――」

「三年前に、レクターにアモバルビタール塩を使って、プリンストン大学生をどこに埋めたか聞き出そうとしたんです」グレアムが言った。「レクターはディップソースのレシピしか言わなかった。それに、無理に聞き出そうとすれば、いまのつながりが失われてしまう。〝歯の妖精〟が本を指定したのなら、レクターの監房に置かれていることを彼が知っていた本にちがいない」

「レクターが今回チルトンに本を注文したり、借りたりしなかったのは確かだ」クロフォードが言った。

「新聞にはなんと書いてあった、ジャック？　レクターが所有する本について」

「医学書、心理学書、それに料理本を置いていると」

「なら、それらの分野の定番の本だろうね。基本中の基本で、レクターがまちがいなく持っていると〝歯の妖精〟が考えるような」ボウマンは言った。「レクターの本のリストが必要だ。心当たりは？」

「いいえ」グレアムは自分の靴を見つめた。「チルトンに連絡して……待てよ。ランキンとウィリンガムが彼の房を捜索した際に、すべてもとどおりにしておくためにポラロイド写真を撮ったはずです」

「その写真を持って私に会いにくるよう彼らに伝えてくれるかな」ボウマンは言い、ブリーフケースに資料を入れはじめた。

「どこへです？」

「議会図書館だ」

クロフォードは最後にもう一度、CIAの暗号担当に連絡してみた。ラングレーのコンピュータは数字と文字の一貫した最新の変換方法と、膨大な種類のアルファベットの組み合わせの表を検討していたが、進展はなかった。CIAの暗号担当者も、おそらくブック・コードだろうということでボウマンと意見が一致した。

クロフォードは腕時計を見た。「ウィル、三つの選択肢がある。いますぐ決めなければならない。レクターのメッセージを紙面からはずして、こちらは何も掲載しない。われわれのメッセージをふつうのことばで掲載して〝歯の妖精〟を郵便受取所におびき出す。あるいは、レクターの広告をそのまま掲載する」

「まだタトラーからレクターのメッセージを消せるんですか」

「五百ドルも払えば印刷所はそれを削る、とチェスターは考えている」

「ふつうのことばでメッセージを出すのには反対です、ジャック。たぶん犯人からレクターに二度と連絡が入らなくなるでしょう」

「ああ、だが、何が書かれているのかわからないままレクターのメッセージを出すのは考えものだ」クロフォードは言った。「レクターは、犯人がいまだに知らないどんなことを伝えられる？　たとえば、われわれが犯人の親指の一部の指紋を握っていること、ほかに指紋の記録はいっさいないことを伝えられたら、やつは親指の先を削って、歯を抜き、法廷で思うさまわれわれを笑い飛ばすことができる」

「親指の指紋のことは、レクターが読んだ調書には入っていませんでした。レクターのメッセージを掲載するほうがいい。少なくともそれで〝歯の妖精〟は、もう一度レクターに接触したいと思うでしょう」

「手紙を書くこと以外に何かしたいと思ったら？」

「われわれは長いあいだ胸のむかつきを覚えることになる」グレアムは言った。「でも、やるしかありません」


十五分後、シカゴでタトラーの大きな輪転機がまわりはじめ、速度を増して、轟音とともに印刷室に埃を巻き上げた。インクのにおいと熱くなった新聞用紙のなかで待っていたFBI捜査官は、刷りたての一部を手に取った。

第一面の見出しは〝頭脳移植！〟と〝天文学者、神を見る！〟。

捜査官はレクターの個人広告がのっているのを確かめ、その新聞をワシントン行きの速達郵袋に入れた。彼は同じ新聞をまた見て、自分の親指が一面につけた跡を思い出すことになる。しかしそれは何年ものち、見学ツアーでわが子たちをFBI本部の特別展示室に連れていったときのことだ。

15

夜明けまえ、クロフォードは深い眠りから覚めた。部屋は暗く、妻の豊満な尻が心地よく腰の窪みに当たっていた。なぜ起きたのだろうと思っていたら、電話が二度目に鳴った。クロフォードは手探りもせず受話器を取った。

「ジャック、クロフォード・ボウマンだ。暗号が解けた。いま伝えなければならない」

「オーケイ、ロイド」クロフォードは足先でスリッパを探した。

「こういうことだ――〝グレアム家フロリダ州マラソン。わが身を救え。彼らを皆殺しにせよ〟」

「ちくしょう。出かけないと」

「わかってる」

クロフォードは途中でローブも取らずに書斎に駆けこんだ。フロリダに二度、空港に一度、そしてホテルにいるグレアムに電話をかけた。

「ウィル、ボウマンがいま暗号を解読した」

「内容は？」

「すぐ説明する。まず聞いてくれ。すべて心配ない。私のほうで手は打ったから、説明しても電話を切らないように」

「早く話してください」

「きみの自宅の住所だった。レクターはあの野郎にきみの家の住所を知らせやがった。待て、ウィル。保安官事務所から、いま二台の車をシュガーローフに向かわせてる。海のほうは関税局の大型ボートがマラソンから出て警戒中だ。これだけ短い時間で〝歯の妖精〟は何もできてないはずだ。待ってくれ。きみも私の支援があるほうが早く動ける。いいか、聞いてくれ。

保安官補がモリーを怖がらせることはない。保安官の車はたんにきみの家に向かう道路を封鎖するだけだ。そこからふたりの保安官補が家を監視できる位置まで移動する。モリーが起きるころに電話すればいい。三十分以内にそっちに行って、きみを拾う」

「じっとしていられない」

「あちらに向かう次の飛行機は八時まで飛ばない。家族をこっちに連れてくるほうが早い。チェサピーク湾に私の兄の家があるから、そこに滞在してもらえる。いい案があるんだ、ウィル。少し待って、聞いてくれ。聞いたうえで気に入らなかったら、私がきみを飛行機まで送り届ける」

「いくつか武器が必要です」

「そっちできみを拾ったらすぐに用意してやる」


モリーとウィリーは、ワシントン・ナショナル空港で最初におりてきた乗客のなかにいた。モリーは人混みにグレアムの姿を認めたが微笑まず、ウィリーのほうを向いて話しかけながら、フロリダから帰ってきた旅行客の流れの先頭を急ぎ足で歩いてきた。

彼女はグレアムの頭から足の先まで眺め、近づいて軽くキスをした。モリーの陽焼けした手の指は、グレアムの頰に触れたとき冷たかった。

グレアムはウィリーの視線を感じた。ウィリーは手をいっぱいまで伸ばして握手した。

車に向かって歩きながら、グレアムはモリーのスーツケースの重さをからかった。

「ぼくが運ぶ」ウィリーが言った。

彼らが駐車場から出ると、メリーランドのナンバープレートのついた茶色のシボレーがうしろからついてきた。

グレアムはアーリントンで橋を渡り、リンカーン記念堂、ジェファーソン記念館、ワシントン記念塔のほうに走って、東のチェサピーク湾をめざした。ワシントンを出て十五キロほどのところで、茶色のシボレーが追い越し車線に入って彼らと並んだ。運転者が口に手を当ててグレアムを見ると、どこからともなく声が聞こえた。

「フォックス・エドワードだ。そちらの安全を確認。よい旅を」

グレアムはダッシュボードの下に隠されたマイクに手を伸ばした。「了解、ボビー。いろいろ感謝する」

シボレーが後方に流れ、方向指示器が出た。

「報道機関とかの車に尾行されてないか、念のため確認したんだ」グレアムは言った。

「わかった」モリーが言った。

彼らは夕方、道路脇のレストランに車を停めてカニを食べた。ウィリーはロブスターの生け簀を見にいった。

「こんなことは本当にしたくなかった。すまない」グレアムが言った。

「あなたはいまも彼に狙われてるの？」

「そう考える理由はない。レクターがたんに提案しただけだ、早くそうしろとね」

「ぞっとして胸が悪くなる」

「わかるよ。きみたちはクロフォードの兄さんの家にいれば安全だ。きみたちがそこにいるのを知ってるのは、この世界でぼくとクロフォードだけだから」

「いまはあまりクロフォードのことは話したくない」

「いい場所だ、行けばわかる」

モリーは大きく息を吸い、吐き出したときには怒りも消えたように見えた。彼女はただ疲れ、落ち着いていた。ひねくれた笑みを浮かべて言った。「まったくね。しばらく腹が立ってしかたがなかったの。わたしたち、また別の〝クロフォード〟に耐えなきゃならないの？」

「いや」グレアムはクラッカーの籠をどかしてモリーの手を握った。「ウィリーはどこまで知ってる？」

「ずいぶん知ってるわ。友だちのトミーのお母さんがスーパーでくだらない新聞を買って家に置いてたの。トミーがそれをウィリーに見せた。あなたのことがたくさん書かれてた、明らかにひどくゆがめられて。ホッブズのことも、そのあとあなたがいた場所も、レクターのことも、すべて。ウィリーは動揺してた。そのことについて話したいかとあの子に訊いてみた。そしたらウィリーは、わたしは最初から知ってたのかと尋ねた。わたしはイエスと答えた。一度あなたと話し合った、結婚するまえにあなたがすべて話してくれた、と。事実はどうだったのか教えましょうかと尋ねたら、あの子はあなたに直接訊くって」

「立派なものだ。そのほうがあの子のためにもなる。新聞というのは、タトラーかい？」

「わからない。たぶん」

「大感謝だな、フレディめ」フレディ・ラウンズに対する怒りがふつふつと沸き上がり、体が椅子から浮いた。グレアムは手洗いに入り、冷たい水で顔を洗った。

セイラがクロフォードに帰宅前の挨拶をしていると、電話が鳴った。彼女はハンドバッグと傘を置いて、受話器を取った。

「クロフォード特別捜査官のオフィスです……いいえ、ミスター・グレアムはおりませんが、わたしのほうで……待って、こちらは喜んで……ええ、明日の午後は来ますけど、まず……」

セイラの口調に妙なものを感じて、クロフォードが机をまわってきた。

彼女は受話器が自分の手のなかで死んでしまったかのように持ちつづけていた。「ウィルと話したかったみたいですけど、明日の午後かけ直しますって。引き止めようとしたんですが」

「誰だった?」

「"グレアムに巡礼者《ピルグリム》からだと伝えてくれ"と言ってました。それって、レクター博士の言う——」

「"歯の妖精"だ」クロフォードが言った。

モリーとウィリーが荷解きをしているあいだ、グレアムは食料品店に行った。売り場でカナリア・メロンと、よく熟れたクレンショー・メロンを見つけた。通りの家の向かい側に車を停め、ハンドルに手を置いたまま何分か坐っていた。自分のせいで、モリーが大好きだった家から引き離され、他人に囲まれることになったのが情けなかった。

クロフォードは最善を尽くしていた。この家は、連邦の無表情な隠れ家ではない。肘かけが住人の掌の汗で脱色した椅子もない。水漆喰が塗られたばかりの快適なコテージで、入口の階段のまわりにはホウセンカが咲いている。心ある人の手で丹念に整えられた住まいだ。裏庭はゆったりとチェサピーク湾に下って、海水浴用の筏もある。

カーテンの向こうで青緑のテレビの光がまたたいた。モリーとウィリーが野球を見ているのはわかっていた。

ウィリーの父親は野球選手で、成績もよかった。彼とモリーはスクールバスで出会い、大学時代に結婚した。

彼がカージナルスのファーム・チームにいたころ、家族はフロリダ・ステート・リーグの試合とともに移動した。ウィリーも連れていって、すばらしい時をすごした。安い食べ物に安い酒。彼はカージナルスのトライアウトを受け、最初の二試合でヒットを放った。が、やがてものを呑みこめなくなってきた。外科医はすべて取り除こうとしたが、それは転移して、体を蝕んだ。五カ月後、ウィリーが六歳のときに彼は亡くなった。

ウィリーはいまもできるかぎり野球を見ていた。モリーは落ち着きを失ったときに見る。

グレアムは鍵を持っていなかったので、ドアを叩いた。

「ぼくが出る」ウィリーの声。

「待って」カーテンのあいだにモリーの顔。「いいわ」

ウィリーがドアを開けた。魚を叩く棍棒を脚にくっつけるようにして握っていた。

グレアムは眼に刺すような痛みを覚えた。ウィリーは棍棒を自分のスーツケースに入れてきたにちがいない。

モリーが食料品の袋を受け取った。「コーヒーでもどう？　ジンもあるけど、あなたの好きな銘柄じゃない」

モリーが台所にいるあいだに、ウィリーがグレアムに外に来てと言った。

家の裏のポーチからは、湾に錨をおろした船の停泊灯が見えた。

「ウィル、ママを守るために知っとかなきゃならないことはある?」

「ふたりとも、ここにいれば安全だ、ウィリー。空港からついてきた車を憶えてるだろう。誰もわれわれの行き先を見ていないか確認していた。きみとママの居場所は誰にも見つけられない」

「あのおかしいやつは、あなたを殺したいんでしょう?」

「そこはわからない。ただ、家の場所を知られて呑気にしてはいられないと思った」

「あいつを殺すの?」

グレアムは一瞬眼を閉じた。「いや。彼を見つけるところまでが自分の仕事だ。あとは彼らが精神科病院に入れて治療し、他人に危害を与えないようにする」

「トミーの母さんが薄い新聞を買ってたんだ、ウィル。あなたがミネソタで人を殺して、精神科病院に入ってたって。そんなこと、ぜんぜん知らなかった。本当なの?」

「ああ」

「ママに訊きかけたけど、直接あなたに訊こうと思って」

「率直に訊いてくれて感謝してる。あそこはたんなる精神科病院じゃなかった。あらゆる病気を治療するんだ」そのちがいが重要に思えた。「ぼくは精神科に入院した。そこにいたってことがきみを悩ませてるんだろう。ぼくはきみのママと結婚してるから」

「昔パパにママを守ると約束したんだ。これからもそうする」

グレアムは、ウィリーに充分説明しなければならないと感じたが、話しすぎにはなりたくなかった。

台所の灯りが消えた。網戸の奥にモリーのぼんやりした輪郭が見え、出てこないことにした彼女の判断の重さが感じられた。ウィリーに対処することは、モリーの心を扱うことでもあった。

ウィリーは明らかに次の質問に困っていた。グレアムは助け船を出した。

「入院したのはホッブズの事件のあとだった」

「彼を撃ったの？」

「撃った」

「どうしてそうなった？」

「まず、ギャレット・ホッブズは正気じゃなかった。女子大生を次々と襲って……殺していた」

「どんなふうに？」

「ナイフでね。とにかく、ひとりの犠牲者が着ていた服から小さくねじれた金属の薄片が見つかった。パイプねじ切り器でできるような金屑だ。昔いっしょに外のシャワーを修理したときに使っただろう？

そこで、スチームパイプの作業員やその他の配管工を調べていった。すごく時間がかかったよ。ホッブズは、そのなかのひとつの建設会社に辞表を残していた。それを見たとき……どうも妙な感じがしたんだ。彼はもうどこでも働いていなかったから、自宅を見つけて訪ねるしかなかった。

ホッブズのアパートメント・ハウスの階段をのぼっていたときだ。制服警官がひとり同行していた。ホッブズはわれわれが近づくのを見たにちがいない。その階に至る最後の階段をのぼっていたとき、彼がいきなりドアから妻を突き出した。彼女は階段を転げ落ちたが、もう死んでいた」

「彼が殺したの？」

「そうだ。だから、いっしょにいた警官にSWATチームを呼んでくれと頼んだ。援護してもらうためにね。ところが、アパートメントのなかから子供の声と何度か悲鳴が聞こえたんだ。SWATを待ちたかったが、待つわけにはいかなかった」

「アパートメントに突入した？」

「ああ。ホッブズは娘をうしろから捕まえて、ナイフを持ち、切りつけていた。だから彼を撃った」

「その子は死んだの？」

「いや」

「怪我は治った？」

「ああ、しばらくかかったけどね。いまは元気だ」

ウィリーは黙って考えていた。投錨した帆船からかすかに音楽が聞こえてきた。

グレアムにはあえてウィリーに話さなかったことがあったが、頭のなかにどうしてもそのときの光景が甦った。

数えきれないほど刺され、自分にすがりついてきたホッブズ夫人のことは話から省いた。彼女が息絶えたと見る間にアパートメントから悲鳴が聞こえ、グレアムは赤い血でぬるぬるする夫人の指を引きはがし、体当たりでドアを開けたので、肩の骨にひびが入った。グレアムが突入するまえに、ホッブズは自分の娘をうしろから抱え、すでに喉をかき切っていた。顎を引いて喉を守ろうとする娘。グレアムの三八口径で肉塊をいくつも吹き飛ばされながら、それでも切りつづけ、倒れようとしなかったホッブズ。床にへたりこんで泣くホッブズと、ぜいぜいあえぐ娘。娘をそっと横たえると、ホッブズのナイフは気管を切り裂いてはいたが、動脈には達していなかった。娘はどんよりした眼を見開いてグレアムを見、父親が床に坐って泣きながら「ほらな？　ほらな？」と言っているのを、彼が倒れて死ぬまで見ていた。

グレアムはその後決して三八口径を信頼しなかった。

「ウィリー、ホッブズの事件には本当に悩まされたんだ。わかるだろう。心から離れなくなって、その光景が何度もくり返し浮かんできた。しまいに、ほかのことがほとんど考えられなくなった。別の対処のしかたがあったはずだと、それぱかり考えてしまってね。そして次には何も感じなくなった。食事もとれず、誰とも話さなくなった。深刻な鬱病だ。だから医師に入院するよう勧められて、それにしたがった。しばらくすると、ようやく事件からいくらか距離をとれるようになった。ホッブズのアパートメントで傷つけられた娘も見舞いにきてくれた。彼女はまずまず回復していて、ふたりでたくさん話した。そしてやっと事件のことは脇において、仕事に戻れたんだ」

「誰かを殺すのは、たとえしかたがなかったとしても、つらいもの？」

「ウィリー、それはこの世でもっとも醜いことだ」

「ちょっと台所に行ってくるけど。何かいる？　コークとか？」ウィリーはグレアムにものを運ぶのが好きだが、いつもほかのことをするついでだというふりをする。わざわざそのために行くのではないのだと。

「ああ、コークをもらおうか」

「ママも出てきてあの光を見ればいいのに」

その夜遅く、グレアムとモリーは裏のポーチのブランコに坐っていた。小雨が降り、船の灯りが夜霧に点描のような円光を浮かび上がらせていた。海から吹く風で、ふたりの腕には鳥肌が立った。

「しばらく続くかもしれないんでしょう?」モリーが言った。

「続かないことを願ってるが、そうはいかないかもしれない」

「ウィル、店のほうはイヴリンが今週と、来週も四日間見てくれるって。でもバイヤーが来るときにはわたし自身が少なくとも一日か二日、マラソンに戻らなきゃならない。イヴリンとサムの家に泊めてもらうわ。アトランタへの売りこみにも、わたしが行く必要がある。九月に向けて準備しなきゃならないの」

「イヴリンはきみがどこにいるか知っている?」

「ワシントン、とだけ言った」

「それでいい」

「何を手に入れるのもむずかしいのよね。手に入れにくいし、持ちつづけるのもむずかしい。本当に当てにならない世界」

「まったくな」

「いつかシュガーローフに戻れるわよね？」

「ああ、戻れる」

「焦って無理しないで。いいわね？」

「わかった」

「あちらには早く戻るの？」

グレアムはクロフォードと電話で三十分話していた。

「昼食の少しまえにね。もしきみがマラソンに帰るのなら、朝のうちにやっておかなきゃならないことがある。ウィリーにはもしてもらおう」

「ウィリーはもうひとつの件について、あなたに訊かずにはいられなかったの」

「わかってる。そう思って当然だ」

「本当に嫌な記者。名前はなんだっけ？」

「ラウンズ。フレディ・ラウンズだ」

「あなたも大嫌いだと思うけど。思い出さなきゃよかった。ベッドに行きましょう。腰をもんであげる」

怒りがグレアムのなかに小さな火ぶくれを作った。十一歳の子に対して自己を正当化してしまった。精神科病院にいたのでもかまわないとウィリーは言ってくれた。いまはモリーが腰をもんでくれる。ベッドに行こう。ウィリーは大丈夫だ。

緊張しているときには、できるだけ口を閉じていること。

「しばらく考えごとをしたいなら、ひとりにしておくけれど」モリーは言った。

グレアムは考えたくなかった。ぜったいに。「きみが腰をもんでくれるのなら、ぼくはまえのほうをもんでやろう」

「やってごらん、坊や」

上空の風が小雨を湾から吹き払い、朝九時には地面から蒸気が立ち昇っていた。保安官事務所の射撃場の遠い標的は、波打つ大気のなかで尻込みしているように見えた。

射撃場の管理人は、射撃線のいちばん奥にいる男女が安全規則を守っていると確信するまで、双眼鏡で監視していた。

射撃場を使いたいと言ってきた男の司法省の身分証には〝調査官〟とあった。いったいなんの調査をするのやら。管理人が高く評価するのは、拳銃の使い方を教える資格を持った指導者だけだった。

とはいえ、いまいるFBI職員が銃の扱いを心得ているのは認めざるをえなかった。

ふたりは二二口径のリボルバーを撃っているだけだが、男は女に、左足を少しまえに出し、両手で銃を握って等尺性緊張をかけるウィーバー・スタンスの撃ち方を教えていた。女は六メートル四十センチ前方にある人型の標的を撃っていた。ショルダーバッグの外側のポケットから何度も銃を取り出しては練習していた。それは管理人がすっかり飽きてしまうまで続いた。

音が変わったのに気づいて、彼はまた双眼鏡を取った。ふたりとも今度は耳覆いをつけ、女が太くて短い銃身のリボルバーを撃っていた。ターゲット射撃用の弾が発射される音がした。両手で構えた拳銃が見え、管理人は興味を覚えた。射撃線に沿ってぶらぶらと近づき、ふたりの数メートルうしろに立った。

銃を見せてもらいたかったが、割りこめるタイミングではなかった。しげしげと眺めていると、彼女は使った薬莢を弾き出し、スピードローダーで五発弾をこめた。

FBI職員に似つかわしくない銃。ブルドッグ四四口径スペシャルだった。寸詰まりで醜く、驚くほど銃口が大きい。マグナポート社による改良がかなり入っていた。銃身の銃口近くにガス抜きの穴があって発射時の反動を抑え、撃鉄も短く、持ちやすそうな太いグリップがついている。スピードローダー用に装塡口も広げられているようだ。FBI職員が用意している弾を装塡すれば、怖ろしいほど強力な武器になる。この女に使いこなせるのだろうか。

ふたりの横の台に置かれた弾薬も興味深い取り合わせだった。まずターゲット射撃用のワッドカッターがひと箱。次に制式のふつうの弾薬。そして最後が、管理人もいろいろなところで読んでいるものの実物はめったに見ることのない代物、グレイザー・セイフティ・スラグだった。先端は鉛筆の先の消しゴムのようで、そのうしろに銅の被甲がつき、なかには十二号の散弾が液体テフロンといっしょに詰まっている。

この軽い弾はものすごい速度で飛び、標的に突入して散弾を解放する。肉体に与える損傷はすさまじい。管理人は統計の数字まで憶えていた。これまで人に発砲されたグレイザーは九十発。すべて一発で相手を倒した。そのうち八十九発は即死で、ひとりは生き残って医師たちを驚かせた。グレイザー弾には安全上の利点もある——跳弾がなく、壁を突き抜けて隣の部屋にいる人を殺してしまうこともない。

男は女にとてもやさしく、勇気づけることばをかけていたが、どこか悲しそうに見えた。

女は全弾を撃ち尽くし、管理人は彼女が反動をじつにうまく処理したのに感心した。

両眼をきちんと開き、身をすくませることもなかった。たしかにバッグから銃を取り出して一発目を発射するまでに四秒ほどかかったが、三発は標的のいちばん小さい輪のなかに命中した。初心者にしては悪くない。なかなか才能がある。

管理人が監視塔に戻ってほどなく、グレイザー弾の怖ろしい発射音が聞こえた。彼女は五発すべてを撃っていた。通常のFBIの射撃練習でそんなことはしない。標的のシルエットのなかに、グレイザー五発を撃ちこんで殺すほどの何を彼らは見ているのだろう、と管理人は思った。

グレアムは監視塔に耳覆いを返しにきた。残った訓練生はベンチに坐り、頭を垂れて、両肘を膝についていた。

射撃場の管理人は、彼が彼女に満足しているにちがいないと思い、そう言った。一日でずいぶんうまくなりましたね、と。グレアムは上の空で礼を言った。その表情に管理人は当惑した。まるで取り返しのつかない喪失を目にした男のようだったのだ。

16

電話をかけてきた〝ミスター・巡礼者《ピルグリム》〟は、翌日の午後またかけるかもしれないとセイラに言った。FBI本部では、その電話を受ける準備が進められた。ミスター・ピルグリムとは誰なのか。レクターでないことは、クロフォード自身が確認した。ならばミスター・ピルグリムは〝歯の妖精〟か。おそらくそうだ、とクロフォードは思った。

クロフォードのオフィスの机と電話は、夜のうちに通路の向かいのもっと広い部屋に移された。

グレアムは防音ブースの開いた扉のまえに立っていた。うしろのブースのなかにクロフォードの電話がある。セイラが洗浄剤《ウィンデックス》できれいにふいていた。彼女の机とその横の別の机を、声紋分析器、テープレコーダー、ストレス感知器がほぼ埋め尽くし、椅子にはベヴァリー・カッツが坐っているので、セイラは何かほかの仕事を探していた。

壁の大きな時計は正午の十分前を指していた。

アラン・ブルーム博士とクロフォードがグレアムといっしょに立っていた。三人とも傍観者の立場で、手をポケットに突っこんでいた。

ベヴァリー・カッツの向かい側に坐った技術者が指で机をトントン叩いたが、クロフォードの眉間のしわに気づいてやめた。

クロフォードの机には新しい電話機二台が無造作に置かれていた。ひとつは地域電話会社の電子交換センター（ＥＳＳ）と、もうひとつはＦＢＩ通信室とつながった直通回線だ。

「逆探知にどのくらいかかる？」ブルーム博士が訊いた。

「いまの新しい交換機だと、ほとんどの人が考えるより速くできますよ」クロフォードが言った。「すべて電子交換機を経由していれば、おそらく一分。伝送方法がややこしいところでは、もう少し」

クロフォードは部屋のなかに呼びかけた。「もしやつが電話をかけてきたとしても、短いはずだ。だから完璧にやらなければならない。もう一度復習しておくか、ウィル？」

「もちろん。ぼくが話すところで、いくつかうかがっておきたいことがあります、博士」

　ブルームはほかの面々より遅れて到着していた。その日、クアンティコの行動科学課に行って講義をすることになっていたのだ。ブルームはグレアムの服からコルダイト火薬のにおいを嗅ぎ取った。

「オーケイ」グレアムが言った。「まず電話が鳴る。ただちに回線がつながって、ESSで逆探知が始まりますが、トーン・ジェネレーターが呼び出し音を発信しつづけるので、向こうはこっちが捕捉したことに気づかない。それで約二十秒の猶予ができます」技術者を指差して、「トーン・ジェネレーターは四回目の呼び出し音のあとでオフになるね？」

　技術者はうなずいた。「四回目のあとです」

「さて、ベヴァリーが受話器を取る。彼女の声は、彼が昨日聞いた声とはちがう。ベヴァリーの声に、相手がわかったという様子はなく、退屈しているように聞こえる。彼がグレアムを出せと言う。ベヴは〝ポケットベルで呼び出さなければなりません。お待ちいただけますか〟と訊く。いいかな、ベヴ？」グレアムはここのリハーサルはしないほうがいいと考えた。丸暗記すると台詞の棒読みになりかねない。

「回線はこちらには生きていて、彼には死んでいる。話す時間より保留で待たせる時間のほうが長くなると思う」

「保留中の音楽は本当に流さなくていい？」技術者が訊いた。

「必要ない」クロフォードが言った。

「二十秒ほど保留にして、ベヴァリーがまた出て言う。〝ミスター・グレアムが電話口にまいります。いまからおつなぎします〟。そしてぼくが出る」グレアムはブルーム博士のほうを向いた。「相手にどう対応します、博士？」

「彼はきみが疑うと思っているはずだ。本当に犯人だろうか、とね。だから私なら、ある程度丁寧に確かめる。けしからん偽者のいたずら電話なのか、それともきわめて重要な本人からの電話なのか、そこをしっかりと区別する。偽の電話は簡単にわかる。起きたことに対する理解力その他が不足しているからね。

本人であることを証明する何かを言わせればいい」ブルーム博士は床に目を落として、首のうしろをもんだ。

「彼が何を望んでいるのかはわからない。理解してもらいたいのかもしれないし、きみを敵と決めつけて嘲笑うつもりかもしれない。出たとこ勝負だ。相手の気分を読み取って、望みのものを与える。少しずつね。ただ、彼がわれわれに助けを求める方向に誘導することは、本人が望んでいると感じられないかぎり、控えるべきだ。そこは慎重にいきたい。

彼が偏執症なら、すぐにわかる。その場合には、相手の疑念や腹立ちを利用すればいい。しゃべらせるのだ。そうやってしゃべりつづければ、彼は時間がたつのも忘れてしまうだろう。私から言えるのはこのくらいだ」ブルームはグレアムの肩に手を置き、静かに語りかけた。「いいかね。これは激励でもお世辞でもないが、きみなら彼をうまく誘導することができる。助言など気にせず、いいと思うことをやりたまえ」

待つ。三十分の沈黙でもう充分だった。

「電話がかかってきても、かかってこなくても、今後どうするかを決めなければならない」クロフォードが言った。「もう一度、郵便受取所を検討しようか？」

「それよりいい案は思いつきません」グレアムが言った。

「こちらに餌はふたつある。きみのキーズの家と、郵便受取所だ。両方を張りこむ」

電話が鳴っていた。

トーン・ジェネレーターのスイッチが入る。ＥＳＳで逆探知が始まる。四回の呼び出し音。技術者がスイッチを切り、ベヴァリーが受話器を取る。セイラが耳をそばだてている。

「クロフォード特別捜査官のオフィスです」

セイラが首を振った。相手が誰かわかったのだ。アルコール《A》・タバコ《T》・火器取締局《F》にいる、クロフォードの友人のひとりだ。ベヴァリーはそそくさと話を切り上げ、逆探知を止めた。ＦＢＩビルにいる全員が、回線を開けておかなければならないことを知っていた。

クロフォードがまた郵便受取所の詳細を検討しはじめた。彼らは退屈すると同時に緊張していた。ロイド・ボウマンが入ってきて、レクターの聖書の引用がソフトカバーの『料理の歓び』の百ページ目に符合していたことを説明した。セイラがみなに紙コップのコーヒーを配った。

電話が鳴った。

トーン・ジェネレーターが作動し、ＥＳＳの逆探知が始まった。呼び出し音四回。技術者がスイッチを切った。ベヴァリーが受話器を取った。

「クロフォード特別捜査官のオフィスです」

セイラがうなずいていた。何度も大きくうなずいた。

グレアムはブースに入ってドアを閉めた。ベヴァリーの唇が動いているのが見えた。

ベヴァリーが保留ボタンを押し、壁時計の秒針を見つめた。

グレアムはぴかぴかの受話器に自分の顔が映っているのを見た。耳に当てる部分と、口に当てる部分のそれぞれに、膨張した自分の顔があった。シャツから射撃場でついた火薬のにおいがした。**切るな。頼むぞ、切るなよ。**四十秒がすぎた。グレアムの電話が鳴って、机の上でわずかに動いた。**鳴らしておけ。もう一度。**四十五秒。**いまだ。**

「ウィル・グレアムです。なんのご用でしょう」

低い笑い。くぐもった声。「なんだろうな」

「どちらさまですか」

「秘書から聞かなかったか」

「ええ、ですが打ち合わせ中に呼び出されたのです。それで――」

「ミスター・ピルグリムと話したくないということなら、いますぐ切るが、どうなんだ」

「ミスター・ピルグリム、もしあなたがなんらかの問題を抱えているのなら、対処する用意があります。話せてよかった」

「問題を抱えてるのはあんただろう、ミスター・グレアム」

「申しわけないけれど、意味がわかりません」

秒針は一分をまわろうとしていた。

「あんたは忙しくしてるんだろう？」相手が言った。

「忙しすぎて、あなたが電話の目的を説明しないかぎり話しつづけられません」

「電話の目的は、あんたの頭にあるのと同じだ。アトランタとバーミングハム」

「それについて何か知っているのですか」

低い笑い。「それについて何か知っている？　あんたはミスター・ピルグリムに関心があるのか、ないのか。イエスかノーで答えろ。嘘をついたら切るぞ」

ガラス越しにクロフォードが見えた。両方の手に受話器を持っていた。

「イエス。ですが、電話は山のようにかかってくる。そのほとんどは、何かを知っていると言う人たちからなのです」一分経過。

クロフォードが一方の受話器を置き、紙に走り書きをした。

「偽者がどれほど大勢いるか知ったら驚くと思いますよ」グレアムは言った。「彼らと何分か話せば、起きたことを理解する能力すらないのがわかる。あなたはどうです？」

セイラが紙をガラスのほうに向けて、グレアムに見せた。そこには〝シカゴの電話ボックス。警察が急行中〟と書かれていた。

「こうしよう。ミスター・ピルグリムについて知っていることをひとつ話してみろ。そしたら正しいか、まちがいか教えてやる」くぐもった声が言った。

「誰のことを話しているのかはっきりさせましょう」グレアムが言った。

「ミスター・ピルグリムのことを話している」

「こちらが関心を持つべきことをミスター・ピルグリムがしたと、どうしてわかるんです？　そういうことをしたのですか？」

「した、ということにしておこう」

「あなたがミスター・ピルグリムですか」

「それは言わないことにする」

「あなたは彼の友だちですか」

「ある意味でね」

「だったら証明してください。彼をよく知っていることがわかる何かを話してください」

「そっちが先だ。そっちがまず証明しろ」緊張したくすくす笑い。「最初にまちがったところで電話を切る」

「いいでしょう。ミスター・ピルグリムは右利きです」

「それは安全策だ。たいていのやつが右利きなんだから」

「ミスター・ピルグリムは誤解されている」

「大づかみの無駄話はやめてもらおうか」

「ミスター・ピルグリムは肉体的に鍛え抜かれている」

「ああ、そう言っていいだろう」

グレアムは時計を見た。一分半。クロフォードが、もっと続けろとうなずいた。

やつが訂正できることを言うな。

「ミスター・ピルグリムは白人で、身長は、そう、だいたい百八十センチ。あなたはまだ何もこちらに言っていない。知り合いですらないのでは？」

「話をやめたいのか」

「いいえ、ですが、あなたは情報を交換すると言った。その提案にしたがっているだけです」

「ミスター・ピルグリムは狂っていると思うか」

ブルームが首を振って否定していた。

「あれほど注意深い人間が狂っているとは思えません。異質なのだと思います。多くの人は彼を狂っていると見なしているのでしょうが、その理由は、彼があまり人々に自分を理解させようとしていないからです」

「彼がリーズ夫人にしたと考えていることを、できるだけ正確に説明してみろ。正しいか、正しくないか教えてやれるかもしれない」

「それはしたくない」

「さようなら」

グレアムの心臓が跳ね上がったが、まだ向こうの息遣いが聞こえた。

「それをするなら、まず――」

シカゴの電話ボックスの扉が激しく開く音がして、受話器がカタンと落ちた。ぶら下がった受話器から、かすかな声とものぶつかる音がした。オフィスにいる全員がそれをスピーカーフォンで聞いた。

「動くな。ぴくりともするんじゃない。手を組んで頭のうしろにまわし、そこからゆっくりとうしろ向きに出てこい。ゆっくりとだ。両手をガラスに当てて広げろ」

心地よい安堵がグレアムを満たした。

「武器は持ってないよ、スタン。身分証は胸のポケットだ。くすぐったいよ」

当惑した声が電話に出てきた。「そちらは誰です?」

「FBIのウィル・グレアムだ」

「こちらはシカゴ市警のスタンリー・リドル巡査部長」苛立っていた。「いったいどうなってるんです」

「こっちが訊きたい。男を捕らえたんですか」

「そのとおり。記者のフレディ・ラウンズです。十年前から知ってますが……ほら、手帳だ、フレディ……こいつを逮捕しますか」

グレアムは顔面蒼白だった。クロフォードの顔は赤くなった。ブルーム博士はテープのリールがまわるのを見つめていた。

「聞いてます？」

「ええ、逮捕してもらえますか」グレアムは声を絞り出した。「司法妨害で。留置場に入れて連邦検事に引き渡してください」

突然、ラウンズが電話に出てきた。両頬に詰めていた綿を取り出して、はっきりと早口でまくし立てた。

「ウィル、聞いてくれ――」

「連邦検事に話せばいい。リドル巡査部長を出してくれ」

「わかったことがあるんだ――」

「リ、リドル巡査部長を出せと言っている」

クロフォードの声が回線に割りこんだ。「私が代わろう、ウィル」

グレアムが受話器を架台に叩きつけ、スピーカーフォンのまわりにいた誰もがびくっとした。グレアムはブースの外に出て、誰とも眼を合わさずに部屋から出ていった。

「ラウンズ、何もかもぶち壊しにしてくれたな」クロフォードが言った。「あんたたちはあいつを捕まえたいのか、どうなんだ？　手伝いができるんだ。一分だけ話させてくれ」ラウンズはクロフォードの沈黙にここぞとたたみかけた。「なあ、あんたたちはいま、タトラーをどれほど必要としているか示したわけだろう。ついさっきまで、おれも自信がなかったが、いまは確信してる。〝歯の妖精〟の事件でタトラーの広告がどれほど重要か。あれがなきゃ、あんたたちも総力をあげてこの電話を待ってたりしなかったよな。タトラーが協力する。いかようにも、お望みどおりに」

「どうしてこれがわかった？」

「広告担当のマネジャーが言ってきたんだよ。そっちのシカゴ局からスーツの人が来て広告を調べてるって。その人は届いた個人広告の手紙のなかから五通を選び出した。〝郵便詐欺に関連して〟ということでね。郵便詐欺なもんか。広告マネジャーはその手紙と封筒のコピーをとって彼に渡した。

だから見てみたんだ。五通選んだのは本当に欲しい一通を隠すためだってことはわかってた。一、二日かけて、すべて調べた。答えは封筒にあった。チェサピークの消印だ。料金別納証印刷機の番号から、ボルティモアの州立病院だと判明した。ご承知のとおり、おれもあそこには行ったことがある。あんたのあのくそ神経質な友だちのうしろについて。だったら、ほかに何が考えられる？　とはいえ、確証を得る必要があった。だから電話してみたのさ。〝ミスター・ピルグリム〟に飛びかかってくるかどうか確かめるために。で、案の定だった」

「おまえは大まちがいをしでかしたぞ、フレディ」

「あんたたちにはタトラーが必要で、おれはそれを提供しようっていうんだ。広告、社説、届く手紙の監視、なんでも好きなのをあげてくれ。おれも慎重に行動できる。本当だ。一枚嚙ませてくれよ、クロフォード」

「おまえを加える余地はどこにもない」

「わかった。ならタトラーの次の号に誰かがたまたま六つ個人広告を出したって、なんの変わりもないわけだ。みな〝ミスター・ピルグリム〟宛てで、差出人も同じでかまわないな」

「それには即刻差し止め命令を出して、司法妨害で極秘起訴をしてやる」

「で、それが国じゅうの新聞にもれるかもしれないな」ラウンズは録音されていることを知っていたが、もう気にしていなかった。「神かけて、やると言ったことはやるぞ、クロフォード。自分のチャンスがなくなるまえに、あんたのチャンスを台なしにしてやる」

「いま言ったことに、州をまたがる脅迫の伝達もつけ加えよう」

「頼むから手伝わせてくれよ、ジャック。おれにはできる。信じてくれ」

「さっさと警察署に行け、フレディ。さあ、巡査部長にもう一度代わってくれ」

フレディ・ラウンズのリンカーン・ヴェルサイユは、ヘアトニックとアフターシェイブ、靴下、葉巻のにおいがした。同乗して署に着いた巡査部長は、車から出るのがうれしかった。

ラウンズは分署長とも、ほかの多くの巡査とも知り合いだった。分署長はラウンズにコーヒーを出し、〝今回の尻ぬぐいをするために〟連邦検事のオフィスに電話をかけた。

連邦保安官はラウンズを連行しにこなかった。分署長のオフィスで待つこと三十分、彼はクロフォードからの電話を受けて放免となった。分署長が車まで見送りにきた。

ラウンズは興奮し、運転も焦ってぎこちなかった。高架鉄道に囲まれたループを東に横切り、ミシガン湖を望むアパートメントに戻った。今回の話から得たいものがいくつかあり、手に入るのはわかっていた。ひとつは金だ。そのほとんどはペーパーバックから来る。犯人逮捕後三十六時間後で、スタンドに急ごしらえのペーパーバックが並ぶ。新聞の独占記事は大当たりをとるだろう。シカゴ・トリビューン、ロサンジェルス・タイムズ、そして聖なるワシントン・ポスト、神々しいニューヨーク・タイムズといった一流新聞が、ラウンズの著作物を、ラウンズの書名と写真入りで掲載するだろう。見るのが愉しみでしかたない。

おれを見下し、おれと飲もうともしなかった、そういう権威ある新聞の特派員たちは好きなだけほぞを噛むがいい。

ラウンズは彼らから見ればのけ者だった。信念がちがうからだ。いっそ無能でほかに取り柄もないまぬけだったら、まともな新聞のベテラン記者たちも彼がタトラーで働くことを許せただろう。頭の足りない変人を許すのと同じだ。けれども、ラウンズは優秀だった。すぐれた記者の資質——知性、度胸、鑑識眼——を持っていた。旺盛な活力と、忍耐力も。

そんな彼にとっての逆風は、不愉快な性格で新聞社の幹部に嫌われたことと、取材する事件に首を突っこまずにいられないことだった。

ラウンズには注目されたいという猛烈な欲求があり、それはよく〝エゴ〟と誤解された。ずんぐりした醜い体型で、背も低く、出っ歯で、ドブネズミのような眼には、アスファルトに吐かれた唾のような輝きがあった。

十年間、正統派のジャーナリズムの世界で働いたあと、ラウンズは自分をホワイトハウスに送りこもうとする人間が誰ひとりいないことに気づいた。このままでは足が立たなくなるまで働かされる、新聞社にこき使われるうちにアル中の老いぼれになり、どん詰まりの席をあてがわれて、肝硬変か寝煙草の火事にまっしぐらになるのがわかった。

新聞社はフレディの得る情報は欲しがったが、フレディ自身は欲しがらなかった。最高レベルの給与は支払ったが、女を買わなければならない男にとってはそれも大した金額ではなかった。お偉方は彼の背中を叩いて、見上げた根性だと言うくせに、ラウンズの名の入った駐車スペースは設けようとしなかった。

一九六九年のある夜、オフィスで記事を書き直していたときにフレディはひとつの天啓を得た。

フランク・ラーキンが隣の席にいて、電話で口述筆記をしていた。口述筆記はフレディの働く新聞社の古参の記者が行き着く墓場だった。フランク・ラーキンは五十五歳でありながら七十歳に見えた。牡蠣のような灰白色の眼をして、三十分おきに自分のロッカーに酒を飲みにいく。フレディの席からも彼のにおいを嗅ぐことができた。

ラーキンは立ち上がり、よろよろと狭い通路に行って、しゃがれた囁き声で女性のニュース編集者に話しかけた。フレディはつねに他人の会話に聞き耳を立てていた。

ラーキンは彼女に、女性トイレの販売機から生理用品《コーテックス》をひとつ買ってきてくれないかと頼んだ。尻から出血しているので使いたい、と。

フレディはタイプの手を止めた。書きかけの記事をタイプライターから引き抜き、新しい紙を入れて、辞表を書いた。

一週間後、彼はタトラーで働いていた。最初は癌担当の編集者になり、それまでの二倍近い給料を稼いだ。上層部もフレディの働きぶりに感銘を受けた。

タトラーが彼に高給を支払えたのは、癌が非常に儲かる話題だったからだ。アメリカ人の五人にひとりが癌で死ぬ。親類が癌で死にかけていて、疲れ果て、祈りも尽き、凶悪な腫瘍に励ましのことばや、バナナプリンや、後味の悪いジョークで対抗しているような人々は、なんであれ希望のありそうなものにすがりたがる。

市場調査によると、第一面に太字の見出しで〝がんの新治療法〟や〝がんの奇跡の新薬〟と謳えば、タトラーのスーパーマーケットでの売上は二十二・三パーセント上昇した。実際の記事が一面にのっていると、販売は六パーセント落ちた。読者がレジに並んでいるあいだに、中身のない本文をざっと読みきれてしまうからだ。

マーケティングの専門家は、一面にカラーの大きな見出しをのせ、記事自体はなかほどのページに入れるのがいいことを発見した。新聞のページを開いたまま、財布と買い物のカードを同時に扱うのはむずかしい。

標準的な記事は十ポイントの文字で楽観論を五段落、その後八ポイント、六ポイントと字を小さくして、〝奇跡の新薬〟がまだ手に入らないか、動物実験が始まったばかりだと述べる。

フレディはそういう記事を次々と生み出して給料を稼いだ。記事のおかげでタトラーは売れに売れた。

読者層が広がったのに加えて、奇跡のメダルや癒しの布といった関連商品の売上も増えた。それらの製造者は毎週、癌の記事の近くに商品広告を出そうと大金をつぎこんだ。多くの読者はもっと情報が欲しいとタトラーに手紙を書いた。彼らの名前をラジオ〝伝道師〟に売ることによって、タトラーの収入はさらにいくらか増えた。教義をわめき散らす社会病質者たちは、〝あなたの大切な人を死から遠ざけたければ……〟というスタンプを押した封筒で、読者に寄付金を募る手紙を送った。

フレディ・ラウンズとタトラーは持ちつ持たれつの関係だった。就職して十一年で、フレディは年に七万二千ドルを稼いでいた。ほぼ好きなように記事を書くことができ、自分の愉しみのために金を使った。知るかぎり最高の生活を送っていた。

ことの成り行きを見ると、ペーパーバックの前払い金を吊り上げてもよさそうだと彼は思った。映画化の可能性もある。ハリウッドは人に嫌われる金持ちには快適な場所だと聞いていた。

フレディは気分がよかった。アパートメントの地下駐車場につながる傾斜路を一気に走りおり、軽快にタイヤを鳴らして自分の駐車スペースに入った。壁に書かれた縦三十センチの文字が、彼個人のスペースであることを示していた。〝フレデリック・ラウンズ様〟。

ウェンディがすでに来ていた――彼女のダットサンが隣のスペースに停まっている。いいぞ。フレディは彼女をワシントンに連れていきたかった。巡査どもが眼をむくだろう。彼は口笛を吹きながら、エレベーターで上がっていった。

ウェンディは彼の荷物を詰めていた。彼女自身がスーツケースでよく移動するので、手際がいい。

ジーンズに格子縞のシャツというさっぱりした恰好で、茶色の髪をまとめてリスの尻尾のように首に垂らしていた。色白なことと抜群のスタイルを除けば、農場の娘と言っても通りそうだ。ウェンディの姿形はさしずめ思春期の戯画のようだった。

彼女は長年驚きを浮かべたことのない眼でラウンズを見た。ラウンズは震えていた。

「あなた働きすぎよ、ロスコー」ラウンズをロスコーと呼ぶのが好きで、彼自身もなぜかそう呼ばれるとうれしかった。「何時のに乗る？　六時のシャトル？」ウェンディは彼に飲み物を持ってきて、自分のスパンコールつきのジャンプスーツと、かつらのケースをベッドからおろし、横になれるようにした。「空港まで乗せていったげる。クラブに出るのは六時だから」

〈ウェンディ・シティ〉というのが、彼女の所有するトップレス・バーの名前だった。もうウェンディ自身は踊らなくてもいい。ラウンズの収入がある。

「電話してきたとき、モコモコみたいな話し方だった」ウェンディが言った。

「誰だって？」

「ほら、テレビで土曜の朝にやってる漫画。とっても謎めいていて、秘密探偵クルクルを助けるの。あなたが風邪を引いたときにいっしょに見たでしょ……今日はとびきりの特ダネだったんでしょ、ちがう？　本当にうれしそうだから」

「まさにそのとおり。ちょっと危ない橋を渡ったが、ベイビー、その価値はあった。大いに期待できるチャンスをつかんだ」

「行くまえに寝る時間があるよ。へとへとでしょう」

ラウンズは煙草に火をつけた。すでにつけたのが一本、灰皿にあったのだが。

「あのさ」ウェンディが言った。「飲んで、やることやれば、眠れるかもよ」

彼女の首に押しつけて拳のようになっていたラウンズの顔が、ようやくゆるみ、拳が開いたように突然動きだした。震えは止まった。ラウンズは豊胸手術でふくらましたウェンディの胸の谷間に囁くように、すべてを語った。ウェンディは彼の首のうしろに指で8の字を書きつづけていた。

「なかなか冴えてたね、ロスコー」彼女は言った。「さあ、眠りなさい。飛行機の時間になったら起こしたげる。きっとうまくいくよ、何もかも。そしたらふたりで思いきり愉しもうよ」

ふたりはどこへ行くか囁き合った。ラウンズは眠りに落ちた。

17

アラン・ブルーム博士とジャック・クロフォードが折りたたみ椅子に坐っていた。クロフォードのオフィスに残っていた家具はそれだけだった。

「戸棚は空っぽです、博士」

ブルーム博士はクロフォードの類人猿に似た顔を見つめ、これから何が起きるのだろうと思った。クロフォードの不満と鎮痛薬の奥には、X線の検査台のように冷たい知性が見て取れた。

「ウィルはどこに?」

「外を歩いて頭を冷やしてくるでしょう」クロフォードは言った。「ラウンズが嫌いなんです」

「レクターが彼の自宅の住所を明かしたとき、もうウィルはいなくなるかもしれないと思ったかね? 家族のもとに帰るかもしれないと」

「いっとき、そんな気もしました。動揺していましたから」

「わかる」ブルーム博士は言った。

「ですが、気づいたのです。ウィルも、モリーやウィリーも、自宅には帰れないと。〝歯の妖精〟がいなくなるまで」

「モリーに会ったことがある?」

「ええ、すばらしい女性です。私は好きだ。でも、もちろん彼女は私が地獄で背骨を折られればいいと思ってるでしょうね。いまは会うのを避けなければならない」

「彼女はきみがウィルを利用したと思っているんだね?」

クロフォードはブルーム博士に鋭い視線を送った。「いくつか彼と話すべきことがあります。あなたにも相談しなくてはならない。クアンティコで仕事があるのはいつですか」

「火曜の朝までないよ。そこまで延期した」ブルーム博士はFBIアカデミーの行動科学課で客員講師を務めていた。

「グレアムはあなたが好きだ。自分を心理ゲームに引きこむことがないと思っていますから」クロフォードは言った。グレアムを利用しているというブルームの発言が癪に障った。

「そう、そんなことはしようとも思わない」ブルーム博士は言った。「彼に対しては、患者に接するときと同じくらい誠実だ」

「まさに」

「いや、むしろ彼の友人でありたいと思っている。実際にそうだ。ジャック、観察は私の研究分野に欠かせないものだが、憶えているかね、彼について研究してほしいときみから言われたときに私が断ったのを」

「研究を望んだのは、階上《うえ》のピーターセンでした」

「頼んできたのは、ほかならぬきみだ。いずれにせよ、もし私がグレアムに何かをおこない、かりに他者の治療に役立つ精神医学上の何かを見つけたとしても、それを引き出すときには完全に気づかれないようにするよ。学術的に何かするとしたら、結果が発表されるのは死後だ」

「あなたの死後ですか。それともグレアムの？」

ブルーム博士は答えなかった。

「ひとつ気づいたことがあります。興味深いことに、あなたは部屋のなかで決してグレアムとふたりきりになりませんね。うまく立ちまわってはいるけれど、決して彼と差し向かいにはならない。なぜです？　彼を超能力者だとでも思っているのですか」

「いや。彼は直観像素質者《エイデティイカー》、驚くべき視覚的記憶の持ち主だが、超能力者だとは思わない。彼はデュークの検査を受けないだろう。だからどうだということでもないがね。あれこれ探られたり調べられたりするのが嫌なだけで。私だって嫌だ」

「しかし――」

「ウィルは今回のことを純粋な知的訓練と考えたがっている。法医学の狭い定義では、たしかにそうだ。彼はそれに秀でているが、同じくらい優秀な人はおそらくほかにもいるだろう」

「多くはない」クロフォードが言った。

「彼がほかに持っているのは、純粋な共感能力と投影能力だ」ブルーム博士は続けた。「きみの視点にも、私の視点にも立つことができる。彼自身が怖れ、嫌悪するような視点にもね。あれは厄介な才能だよ、ジャック。知覚は諸刃の剣だ」

「どうして彼とふたりきりになろうとしないのですか」

「私は彼に職業上の好奇心を抱いていて、そのことをすぐに悟られてしまうからだよ。彼はじつにすばやい」

「あなたにのぞき見られているのがわかったら、彼はたちまちブラインドをおろしてしまう」

「愉快でないたとえだが、まあそういうことだ。意趣返しは充分すんだろう、ジャック。要点に入ろう。手短にな。あまり体の具合がよくない」

「心因性の症状ですか」クロフォードは言った。

「いや、胆囊だ。さて、何がしたい？」

「〝歯の妖精〟に話しかける手段がひとつあります」

「タトラーか」とブルーム博士。

「ええ。彼に何か伝えて、自滅的な行為に走らせることが可能だと思いますか」

「自殺させるとか？」

「自殺でも私はかまいません」

「むずかしいだろうね。ある種の精神疾患ではそれも可能かもしれないが、この場合は疑わしい。自滅的な傾向があれば、これほど慎重には行動しないはずだ。ここまで自分を守れないだろう。古典的な妄想型の統合失調症ならば、こちらから影響を与えて怒らせ、正体をあばくことができるかもしれない。自傷行為に導くことすら可能かもしれないが、私は手伝わないよ」自殺はブルームの宿敵だった。

「ええ、そうでしょうね」クロフォードは言った。「でも、彼を怒らせることはできますか」

「どうして知りたい？　目的は何だね？」

「とにかく質問させてください。彼を怒らせて注意を惹くことはできますか」

「彼はすでにグレアムを敵と見なして執着している。きみも知っているだろう。ごまかさないでくれ。きみはグレアムを囮にしようと決めているのではないか？」

「そうせざるをえないと思っています。さもなくば、ウィルは二十五日にまずいことになる。助けてください」

「自分が何を求めているかわかっているのかね？」

「アドバイス――それをお願いしたいのです」

「私から、ではない」ブルーム博士は言った。「グレアムから何を求めているかだ。誤解されたくないし、ふつうは言わないのだが、きみは知っておくべきだ。ウィルのもっとも強い原動力は何だと思う？」

クロフォードはわからないと首を振った。

「恐怖だよ、ジャック。彼は計り知れないほどの恐怖とつき合っている」

「大怪我をしたからですか」

「いや、かならずしもそうではない。恐怖は想像にともなって生じる。いわば罰であり、想像の対価だ」

クロフォードは腹の上で組んだ丸っこい両手を見つめていた。顔が赤らんだ。このことについて話すのは気が引けた。「そう、大人の男相手に恐怖のことは話しにくい。でしょう？ 彼が怖がっていると言ってくれていいんですよ。それで一人前の男じゃないなんて考えたりはしませんから。私もそこまでろくでなしじゃありません、博士」

「そう思ったことなどないよ、ジャック」

「私のほうで援護できないなら、彼を前面には立たせません。いやまあ、八割方援護できないなら。ウィル自身も優秀です。最高とは言えませんが、すばやく動ける。〝歯の妖精〟をおびき出すのを手伝ってもらえませんか。大勢の人間が死んでるんです」

「グレアムが事前にあらゆる危険を知らされ、それでも進んでやるというのなら協力しよう。本人から答えを聞かなければならない」

「私も同じです、博士。彼をだますつもりはない。われわれみんなが互いにだまし合わないようにね」


クロフォードは、ゼラーの研究室の近くの小さな作業場にいたグレアムを見つけた。犠牲者の写真や個人的な書類を大量に置いてあるところだ。

クロフォードは、グレアムが読んでいたロー・エンフォースメント・ブリトゥン誌を下に置くまで待った。

「二十五日に何が起きるか話しておこう」二十五日が次の満月の日であることを、グレアムに説明する必要はなかった。

「やつがまたやるときですか？」

「そう。二十五日にまた何かあるとしてだ」

「仮定ではありません。かならずある」

「いままではどちらも土曜の夜だった。バーミングハムの六月二十八日は、土曜で満月の夜。アトランタは七月二十六日で、満月には一日足りなかったが、やはり土曜の夜だった。今回は八月二十五日の月曜が満月だ。しかし、やつは週末を好むから、こちらは金曜以降、準備しておく」

「準備？　準備ができるんですか？」

「そうだ。教科書どおりのやり方は知っているだろう。理想的な殺人事件の捜査について」

「実現できたのは見たことがない」グレアムは言った。「実際にあんなふうにはならない」

「そう。めったにない。だが、できたらすばらしいぞ。ひとりの男を送りこむ。ひとりだけだ。その男が現場を調べる。無線を持っていて、捜査のあいだじゅう指示を出す。現場を必要な期間、最高の状態で保存しておける。彼だけが……つまり、きみだけが」

長い間ができた。

「どういうことなんです」

「二十二日の金曜の夜から、アンドルーズ空軍基地にグラマン・ガルフストリームを待機させておく。内務省から借りたジェット機だ。基本的な鑑識道具を積んでおき、われわれが待機する——私ときみ、ゼラー、ジミー・プライス、カメラマン、そして聞きこみ担当二名だ。連絡が入り次第、出発する。東部か南部なら、どこだろうと一時間十五分以内に着く」

「地元警察は？　われわれに協力する義務はありませんよ。待ってはいないでしょう」

「すべての警察署長と保安官に通達を出しておく。ひとり残らず。各警察の指令係のコンソールと、当直の机に命令を貼り出しておくように要請している」

グレアムは首を振った。「無理だ。彼らはじっとしてませんよ。それはできない」

「こういうことを要請するんだ。大したことじゃない。通報が入ったら、現場に最初に駆けつけた警官がなかに入って見る。医療班が入って、誰も生きていないのを確認する。そこで彼らは外に出る。道路封鎖、聞きこみ、好きなことをしてもらってかまわないが、現場だけは誰にも立ち入らせず、われわれが到着するまで完全に保存しておく。そしてわれわれが車で到着して、きみがなかに入る。無線を持っていき、外にいるわれわれに話す。話したいときだけでいい。その気にならなければ、何も言う必要はない。好きなだけ時間をかけてくれ。そのあとわれわれが入る……」

「地元警察は待ってくれない」

「もちろん待たないさ。殺人課から何人か送ってくるだろう。だが、こちらの要請には多少の効果がある。人や車の往き来が減って、現場を新鮮に保てる」

新鮮。グレアムは椅子の背に首をもたせかけ、天井を見つめた。

「当然ながら」クロフォードが言った。「その週末までにはまだ十三日ある」

「ああ、ジャック」

「ジャック、なんだね？」クロフォードが言った。

「あなたはぼくを殺すつもりだ。本気で」

「意味がわからない」

「いや、わかってる。要するに、ぼくを餌に使う気でしょう。ほかに手がないから。だから直接訊くまえに、次の事件がどれほどひどいことになるか話して、こっちの気分を高めておく。悪くない心理操作ですよ、くそまぬけを相手にするときにはね。ぼくがどう言うと思ったんですか。レクターとの件で、ぼくには勇気がなくなったんじゃないかと心配したんですか」

「いや」

「心配しても無理はない。そうなった人たちを、あなたもぼくも知ってますからね。ぼくも防弾チョッキを着てびくびくしながら歩きまわりたくはない。ですが、もう深入りしてしまった。やつが野放しになってるかぎり、ぼくたちは家に帰れません」

「帰るとは一度も思ったことがない」

グレアムには、それが真実だとわかった。「すると、それ以上のことなんですね？」

クロフォードは何も言わなかった。

「モリーはだめです。ぜったいに」

「まさか、ウィル。いくら私でもそんなことは頼まない」

グレアムはしばらくクロフォードを見つめた。「ああ、ひどいな、ジャック。フレディ・ラウンズを引き入れる気だ。ちがいます？　ちびのフレディと取り決めをしたんですね」

クロフォードは自分のネクタイの染みを見て眉をひそめた。そしてグレアムに眼を上げた。「きみ自身もわかってるだろう。やつをおびき出すには、それがいちばんだ。

〝歯の妖精〟はこれからもタトラーを熟読する。ほかにどんな手がある？」

「ラウンズにやらせる必要がありますか？」

「タトラーで力を持っている」

「すると、ぼくがタトラーに〝歯の妖精〟の悪口をさんざん言って、ラウンズに記事を書かせる。そのほうが郵便受取所よりうまくいくと思うんですね？　答えなくてかまいません。わかってますから。このことをブルームと話しました？」

「ほんのついで程度にね。彼を引き入れよう。ラウンズもな。同時に郵便受取所の罠もしかける」

「設定はどうします？　絶好の場所を設けてやらなきゃならないでしょう。まわりが開けていて、やつが近づけるような。やつ自身が狙撃するとは思えない。ぼくをだまそうとするかもしれませんが、ライフルを構えているところは想像できない」

「高い位置に何人か見張りを置く」

ふたりは同じことを考えていた。防弾チョッキは〝歯の妖精〟の九ミリの弾やナイフを防いでくれるだろうが、顔への攻撃はどうしようもない。どこかに隠れた狙撃手がグレアムの頭を狙って撃ったら、彼を守るすべはない。

「あなたがラウンズに話してください。ぼくがやる必要はない」

「ラウンズがきみにインタビューしなければならないのだ、ウィル」クロフォードは静かに言った。「きみの写真を撮らなければならない」

その点がむずかしいだろう、とブルームはクロフォードに警告していた。

18

いざそのときが来ると、グレアムはクロフォードとブルームを驚かした。ラウンズに会いたがっているようにも見え、眼こそ冷たく青いものの、表情全体は柔和だった。FBI本部のなかに入ったことが、ラウンズの態度にも健全な影響を与えた。思い出したときには礼儀正しく、静かにきびきびと取材した。

グレアムが拒絶したのは一度だけだった。リーズ夫人の日記や家族の私信をラウンズに見せることは、きっぱりとはねつけたのだ。

インタビューが始まると、グレアムはラウンズの質問に丁寧な口調で答えた。ふたりとも、ブルーム博士と協議したメモを見ていた。質問もたびたび言い直された。

アラン・ブルームは、犯人を自傷に導く計画には賛成できず、結局〝歯の妖精〟に関する自説を述べるにとどめた。ほかの三人は、解剖学の講義に臨んだ空手の生徒のようにそれを聞いた。

ブルーム博士によると、〝歯の妖精〟の行動と手紙には、耐えがたい劣等感を補おうとする投影的な妄想が表われていた。鏡を割ったことは、自分の外見に対する劣等感と結びついている。

〝歯の妖精〟という呼び名に対する殺人者の反感は、〝妖精《フェアリー》〟ということばの同性愛的な意味合いにもとづく。犯人は意識下に同性愛的な葛藤を抱え、自分はゲイではないかとひどく怖れている、とブルームは考えていた。博士のその意見は、リーズ家で観察されたひとつの奇妙な事実で裏づけられた。布の折れ方や隠れた血痕から、犯人が死後のチャールズ・リーズに半ズボンをはかせたと推定されるのだ。犯人はリーズに興味がないことを強調するためにそうした、と博士は信じていた。

攻撃衝動と性的衝動の強い結びつきは、若年期のサディストに見られる傾向だ、と精神科医は言った。

おもに女性に向けられ、家族がいるまえで演じられた残虐行為は、明らかに母性に対する攻撃だ。ブルームは部屋のなかを歩きながら、なかば自分に語りかけるように、犯人を〝悪夢を見る子〟と呼んだ。その声に同情がにじむと、クロフォードのまぶたが垂れた。

ラウンズのインタビューで、グレアムはどんな捜査官も口にせず、どんなまともな新聞も取り上げないようなことを並べ立てた。

〝歯の妖精〟は醜男で、異性とは性交不能である。男性の犠牲者に淫らなことをしていた、とあえて嘘をついた。〝歯の妖精〟は知人のあいだでは笑いものであり、近親相姦の家族から生まれた、と。

〝歯の妖精〟がハンニバル・レクターほど知的でないのは明白だと強調もした。ほかにも殺人者について観察したこと、思いついたことがあったらタトラーに提供すると約束し、警察関係者の多くは同意しないが、自分が捜査を率いているかぎりタトラーにはすべて正直に話すから当てにしていいと言った。

ラウンズは何枚も写真を撮った。

中心となる写真は、グレアムの〝ワシントンの隠れ家〟で撮られた。〝妖精を退治するまで借りている〟アパートメントだ。捜査の〝馬鹿騒ぎ〟のなかで彼が〝孤独を見つけられる〟のはそこしかなかった。

その写真では、バスローブを着て机についたグレアムが、夜遅くに資料を検討し、〝妖精〟のグロテスクな〝芸術家の構想〟に眼を凝らしていた。

グレアムのうしろの窓の奥には、明るく照らされた国会議事堂の丸屋根の一部が見えていた。が、いちばん重要なのは、窓の左下隅にぼやけてはいるが確実に読める文字で、道向かいの人気のモーテルの看板が写っていることだった。

〝歯の妖精〟が探す気になれば、そのアパートメントを見つけることができる。

FBI本部ではグレアムが巨大な分光器のまえで写真に撮られた。事件とはなんの関係もなかったが、堂々たる印象を与えるとラウンズが言ったからだ。

グレアムはインタビュー中のラウンズといっしょに撮影されることにも同意した。ふたりは火器・工具課にある銃の大きな棚のまえで写真に収まった。ラウンズは〝歯の妖精〟が使ったのと同じ型の九ミリ口径オートマチックを持ち、グレアムはテレビアンテナの支柱から自家製造したサイレンサーを指差していた。

ブルーム博士は、クロフォードがシャッターを切るまえに、グレアムが親しげにラウンズの肩に手をまわしたのを見て驚いた。

そのインタビュー記事と写真は、翌八月十一日月曜発行のタトラーに掲載されることになった。取材を終えると、ラウンズはレイアウトを自分で決めたいと言ってすぐにシカゴへ発ったが、そのまえに、火曜午後に罠から五区画離れたところでクロフォードと会う約束をしていった。

タトラーが市中に出まわる火曜から、ふたつの罠が怪物をおびき寄せることになる。

グレアムは毎晩、タトラーの写真にのる〝仮住まい〟を訪ねる。

同じ号の個人通信欄には、〝歯の妖精〟をアナポリスの郵便受取所に呼び出す暗号が掲載され、その場所は二十四時間監視される。犯人が郵便受取所を怪しめば、逮捕に向けた活動はそこに集中していると考え、グレアムがより魅力的な標的になるかもしれない、とＦＢＩは推測した。

シュガーローフ・キーはフロリダの警察が見張っていた。

狩人たちのあいだには不満がくすぶった。大きな監視場所がふたつあると、それだけ人手がかかってほかに割けなくなるし、毎晩罠にかようグレアムの行動範囲はワシントンにかぎられてしまう。

クロフォードの判断ではこれが最善だということだが、グレアムは作戦全体がひどく受動的なのが気に入らなかった。ふたたび満月がのぼるまでに二週間を切り、暗い新月のもとで自分たちだけのゲームをしているような思いだった。

日曜と月曜はどこかぎくしゃくと時がすぎた。分単位ではのろのろと進み、時間単位では矢のように速かった。

クアンティコのSWATチームリーダーのスパーゲンが、月曜の午後、アパートメントのある区画を巡回した。車の隣にはグレアムが乗っていた。クロフォードも後部座席にいた。

「人は七時十五分ごろから少なくなる。みんな夕食に帰るんだ」スパーゲンが言った。小柄で痩せて強そうな体、頭には野球帽を浅くかぶって内野手のように見えた。「明日の夜、ボルティモア＆オハイオ鉄道の線路を横切ったら、空いた無線で連絡してくれ。八時三十分とか四十分ごろがいいかな」

アパートメント・ハウスの駐車場に車を乗り入れた。「この隠れ家は天国じゃないが、まだいいほうだ。明日の夜もここに停めてくれ。その後は毎晩、駐車場所を変えてもらうが、いつもこちら側だ。建物の入口までは七十メートル。歩こう」

背が低く、がに股のスパーゲンが先に立ち、グレアムとクロフォードが続いた。

イレギュラーバウンドになりそうなところを探してる。グレアムは思った。

「もし何か起きるとしたら、歩いている途中だな」SWATのリーダーが言った。「見てのとおり、車から入口まで自然にまっすぐ歩けば、駐車場の中央を横切る。一日じゅうここに停まっている車の列からいちばん遠ざかるところだ。犯人は見通しのいいアスファルトの上を近づいてこなきゃならない。耳はいいほうかな？」

「よく聞こえます」グレアムは言った。「この駐車場では聞こえすぎるほど」

スパーゲンはグレアムの表情を探ったが、これといってわかることはなかった。

彼は駐車場のまんなかで立ち止まった。「このへんの街灯は少し暗くして、ライフルで狙われにくくする」

「そっちのチームにも見えにくくなる」クロフォードが言った。

「チームのふたりはスタートロン暗視スコープを持っている」スパーゲンは言った。

「特殊なクリアスプレーもあるから、あとでスーツの上着に使ってほしい、ウィル。ところで、どれほど外が暑かろうと、きみは毎日つねに防弾チョッキを装着する。正しいかな？」

「ええ」

「メーカーは？」

「ケブラー繊維の――どこでしたっけ、ジャック――セカンド・チャンス？」

「セカンド・チャンスだ」クロフォードが言った。

「やつはうしろからきみに近づいてくる公算が高い。あるいは、どこかで会う計画を立て、すれちがいざまに振り向いて撃ってくるかもしれない」スパーゲンは言った。「これまでに七回頭を撃っている。だろう？　それがうまくいくのを見ている。時間を与えれば、きみにもそうするだろう。だから時間を与えてはならない。これからロビーとねぐらを案内するが、そのあと射撃場へ行こう。行けるか？」

「行けるとも」クロフォードが言った。

スパーゲンは射撃場の〝権威〟だった。グレアムの耳覆いの下に耳栓をつけさせ、あらゆる角度から標的を出して撃たせた。グレアムの銃が制式の三八口径でないのには安心したが、銃身のガス抜きの穴から閃光が出ることは心配した。彼らは二時間練習した。グレアムが四四口径を撃ち終わったあと、スパーゲンはシリンダー・クレーンとラッチのねじを調べると言って聞かなかった。

グレアムはシャワーを浴び、服を着替えて硝煙のにおいを消してから、最後の自由な夜をモリー、ウィリーとすごすために入江に車を走らせた。

夕食のあと妻と継子を食料品店に連れていき、大騒ぎでメロンを選んだ。グレアムは食料を充分買いこんだことを確認した。レジの脇のラックに古い号のタトラーが入っていた。翌朝売られる最新号をモリーが見ないようにと願った。いまの状況をモリーに説明したくない。

来週の夕食は何がいいとモリーに訊かれたときには、町を出てバーミングハムにまた行くと答えるしかなかった。モリーに本物の嘘をついたのはこれが初めてで、口にするだけで体が古い紙幣のようにべたつく気がした。

グレアムは店の通路を進む彼女を見つめた——モリー、おれの美しい野球選手の妻。しこりに絶えず注意を払っていて、彼とウィリーにも年に四回、検査を受けろと言い張るモリー。こらえながらも暗闇を怖がるモリー。時は運命であることを苦労して学んだモリー。彼女はともにすごす日々の大切さを知っている。一瞬一瞬をしっかりと茎のところでつかむことができる。おれに愉しむということを教えてくれた。

記憶のなかで、陽光の降り注ぐ部屋をパッヘルベルのカノンが満たしていた。ふたりは互いにもたれかかり、浮き浮きした気分は胸からあふれそうだが、そんなときにも、恐怖がミサゴの影のようにグレアムをよぎった——**こんな生活はすばらしすぎて、長続きしない。**

モリーはバッグを一方の肩からもう一方の肩へとたびたびかけ替えた。まるでなかに入っている銃が五百数十グラムよりはるかに重いかのように。

思わずメロンにつぶやいた醜いことばが自分の耳に入っていたら、グレアムは腹を立てただろう。「あのくそ野郎を死体袋に入れなきゃならない。とにかくそうしないと」

それぞれに嘘と銃と食料品の重みを感じる、三人は厳粛な小部隊だった。

モリーはうすうす気づいていた。灯りを消したあと、彼女とグレアムはしゃべらなかった。モリーは夢のなかで、部屋がくるくる入れ替わる家に入ってきた異常者の重い足音を聞いた。

19

ランバート・セントルイス国際空港には、国じゅうのおもだった日刊紙を取りそろえているニュースタンドがある。ニューヨークやワシントン、シカゴ、ロサンジェルスの新聞が空輸されてきて、みな発行されたその日に買うことができる。

ほかの多くのスタンドと同じく、ここもチェーン化され、一般の雑誌や新聞といっしょに応分のゴミも引き受けなければならない。

月曜の夜十時にシカゴ・トリビューンが配送されてきた際に、タトラーもひと束、床に落とされた。刷りたてで、まだ束のなかは温かかった。

店員が棚のまえにしゃがんでトリビューンを入れはじめた。ほかにもやることが山ほどあった。日勤の連中は地道な作業をろくにやらない。

その店員の視界の隅に、ジッパーつきの黒いブーツが入ってきた。冷やかしの客だ。いや、ブーツの先はこちらを向いている。何かくだらないものを買おうとしているのだ。

店員はトリビューンを片づけてしまいたかったが、しつこく見つめられて頭のうしろがチクチクしてきた。

どうせ行きずりの客ばかりだから、丁重に接する必要はない。彼は相手の膝に言った。

「なんだい？」

「タトラーを」

「束をほどくまで待ってもらわないと」

ブーツは去らなかった。彼の近くに寄りすぎていた。

「束をほどくまで待ってもらわないと、と言ったんだけど。わかる？　いまほかのことしてるでしょ？」

手が伸び、スチールが一瞬光って、店員の横にあった束の紐がポンと切れた。スーザン・B・アンソニーが描かれた一ドル硬貨が、店員のまえの床にコンと落ちた。刷りたてのタトラー一部が束の中央から引き抜かれて、上の部分が床にずり落ちた。

店員は立ち上がった。頬が紅潮していた。男は新聞を脇に抱えて去るところだった。

「ちょっとちょっと、あんた」

男が振り返った。「おれ？」

「そう、あんた。言っただろう――」

「何を言った?」男は戻ってきて、店員から近すぎる位置に立った。「何を言った?」

ふつう態度の大きな店員は客をあわてさせるものだが、この男の落ち着きには、ぞっとさせるものがあった。

店員は床を見た。「二十五セントのお釣り」

ダラハイドは背を向けて歩き去った。ニューススタンドの店員の頬はそれから三十分、かっかしていた。**そうだ、あの男は先週もここに来た。今度来たら、どっかへ失せろと言ってやる。ああいう生意気なやつのためにカウンターの下に隠してるものがあるんだから。**

ダラハイドは空港でタトラーを読まなかった。先週木曜のレクターからのメッセージには複雑な感情を抱いた。きみは美しいとレクター博士が書いたのは、もちろん正しい。あれは読んでわくわくした。おれは本当に美しい。しかし、博士が警官を怖れているのは情けないと思った。レクターの理解も大衆よりはるかにすぐれているとは言いがたい。

それでも、レクターが次のメッセージを送ったかどうか知りたくてたまらなかった。ここは我慢して、家に帰ってから読む。ダラハイドは己の自制心が誇らしかった。

車を運転しながら、ニューススタンドの店員についてつらつら考えた。

一時期の自分なら、仕事の邪魔をしたことを謝り、二度とあのスタンドには立ち寄らなかっただろう。長年、他人からこれでもかと馬鹿にされてきた。だが、もうそれはない。あの店員もフランシス・ダラハイドを侮辱することはできたかもしれないが、〝竜〟には刃向かえない。それが〝変身〟のすべてだ。

夜中、机の上の灯りはまだついていた。タトラーの暗号文は解読され、丸めて床に捨てられていた。ダラハイドが記事を台帳に移すために切り抜いたタトラーの残骸が、まわりに散らばっていた。偉大なる台帳は竜の絵の下でページが開いていて、新しい切り抜きを貼った糊が乾いている途中だった。それらの下に、小さなビニール袋が新たに取りつけられていた。中身はまだない。

袋の横の説明には〝かくして彼はわれを怒らせり〟とあった。

だが、ダラハイドは机から離れていた。

彼は地下室におりる階段に坐り、土や白カビがにおう、ひんやりした空気に包まれていた。電気ランタンの光が、布に覆われた家具の上や、かつて家のなかで使われていたが、いまは壁に立てかけられている鏡の埃っぽい裏側や、ダイナマイトの箱を入れてあるトランクを照らして移動した。

その光は、地下室の遠い隅にいくつかある、布のかかった背の高い物体のひとつで止まった。そこに近づくダラハイドの顔に蜘蛛の巣が触れた。布をはずすと埃が立って、ダラハイドはくしゃみをした。

まばたきをして涙を引っこめ、覆いをはずした古いオークの車椅子に光を当てた。高い背もたれがついていて、重くて頑丈な、地下室に三つあるうちのひとつだった。お祖母さんがここで老人ホームを経営していた一九四〇年代に、郡から支給されたものだ。

車椅子を押して進むと、車輪がキーキー鳴った。重くても簡単に階段の上まで運び上げた。ダラハイドは台所で車輪に油を差した。まえの小さな車輪ふたつは、それでも軋んだが、うしろのふたつはなめらかに動き、指一本でくるくるまわすことができた。

身の内の焼けつくような怒りは、車輪のなだめるような回転音で少しおさまった。車輪のまわる音に合わせて、ダラハイドも静かに鼻歌を歌った。

20

火曜の正午、タトラーのオフィスを出たフレディ・ラウンズは疲れ、気分が昂揚していた。シカゴに戻る飛行機のなかでタトラーの記事を書き上げ、植字室に入って三十分きっかりでレイアウトまで決めたのだ。

残りの時間は話しかけられてもいっさい応じず、こつこつとペーパーバックの原稿を書いていた。丁寧にまとめるほうなので、しっかりした背景説明に五万語を費やしていた。

〝歯の妖精〟が捕らえられた暁には、トップ記事でドカンと逮捕の模様を伝える。そこに背景情報がしっくりと当てはまるだろう。すでにタトラーでましな記者を三人手配していた。逮捕から数時間以内に、どこであれ〝歯の妖精〟が住んでいた場所の徹底調査を彼らがおこなうことになっている。

著作エージェントはそうとう強気の数字をあげていた。このプロジェクトについて事前にエージェントと話すのは、厳密に言うとクロフォードとの約束に反していた。それを隠すために、本件を扱う契約や覚書の類はすべて、逮捕後の日付で取り交わすことになっていた。

クロフォードはラウンズの弱みを握っていた。ラウンズの脅迫を録音していたのだ。州をまたがる脅迫の伝達は起訴可能な犯罪で、表現の自由を保障する憲法修正第一条の埒外にある。ラウンズはまた、クロフォードが電話一本で彼に内国歳入庁《IRS》と永遠にもめるきっかけを与えることができるのも知っていた。

ラウンズにはポリープのようにぽつぽつと正直なところもあって、自分の仕事にほとんど幻想を抱いていなかった。けれども、今回のプロジェクトには信仰にも近い熱意を燃やすようになっていた。

彼は金の向こう側に見える、よりよい生活の幻に取り憑かれていた。これまで積み上げてきたゴミに埋もれてはいるが、昔からの数々の希望はまだ陽の出るほうを向いていた。それらが動いて、いましも立ち上がろうとしていた。

カメラと録音機材の準備ができているのを確かめて、ラウンズは車で帰宅した。三時間寝たあと、またワシントンに飛び、クロフォードと罠の近くで待機する。

地下駐車場で煩わしいことに出くわした。黒いワゴン車が彼の駐車スペースの横に停まり、こちらにはみ出していたのだ。〝フレデリック・ラウンズ様〟とはっきり記されたスペースに割りこんでいる。

ラウンズは車のドアを思いきり開け、ワゴン車の横にぶつけてへこませ、傷つけてやった。礼儀知らずのあほうもこれで学ぶだろう。

車をロックしていると、うしろでワゴン車のドアが開いたので振り返った。半分ほど首をまわしたところで突然、耳の上を平たい革の棍棒で強打された。両手を上げたものの膝が崩れ、首に怖ろしい圧力がかかって息ができなくなった。激しくあえぐ胸がまた空気を吸いこんだとき、そこにはクロロホルムが混じっていた。

ダラハイドはワゴン車を家の裏に停めると、外に出て伸びをした。シカゴからずっと横風と闘って、腕が疲れていた。夜空を見上げた。ペルセウス座流星群がもうすぐ見られる。見逃すわけにはいかない。

ヨハネの黙示録——その尾は天の星の三分の一を引きて之を地に落とせり……

別の時代に彼がしたことだ。だから見て、記憶にとどめなければならない。

ダラハイドは裏口の鍵を開け、いつもどおり家のなかを見てまわった。また外に出てきたときには、頭にストッキングのマスクをかぶっていた。

ワゴン車のドアを開け、昇降用の板を取りつけて、フレディ・ラウンズを外に出した。ラウンズはパンツ一枚に猿ぐつわ、目隠しだけという恰好だった。なかば意識を失っているにもかかわらず、ぐったりとしていなかった。背筋をぴんと伸ばし、古いオークの車椅子の高い背もたれに頭を当てていた。後頭部から足の裏まで、エポキシ系接着剤で車椅子に貼りつけられていたのだ。

ダラハイドは彼の乗った車椅子を押して家に入り、居間の隅に、背中を部屋のほうに向けて置いた。まるで行儀の悪い子供を懲らしめるように。

「涼しすぎるか？　上がけを持ってきてやろうか？」

ダラハイドはラウンズの眼と口を覆っていた生理用ナプキンをはがした。ラウンズは答えなかった。まだクロロホルムのにおいがした。

「かけてやるよ」ダラハイドはソファからアフガン織りの上がけを取って、ラウンズの顎の下まで巻きつけ、アンモニアの壜を彼の鼻の下に持っていった。

ラウンズの眼がかっと見開かれ、ぼやけた壁の継ぎ目を見つめた。ラウンズは咳きこんで話しはじめた。

「事故？　おれは大怪我をしたのか？」

うしろからの声。「いや、ミスター・ラウンズ。すぐによくなる」

「背中が痛い。皮膚が。火傷したのか？　ああ、火傷でなきゃいいが」

「火傷？　火傷ね。ちがう。ちょっとここで休んでいてくれ。すぐ戻ってくる」

「横にならせてくれ。なあ、新聞社に電話してほしい。なんてことだ、特殊ベッドに縛りつけられちまった。背骨が折れたのか……本当のことを話してくれ！」

遠ざかる足音。

「おれはここで何をしてる？」最後は金切り声になった。

答えがはるかうしろから返ってきた。「償いだよ、ミスター・ラウンズ」

ラウンズは階段をのぼる足音を聞いた。シャワーの音がした。頭がはっきりしてきた。オフィスを出て車を走らせたのは憶えているが、そのあとが思い出せなかった。頭の横がずきずきして、クロロホルムのにおいで息が詰まった。体が直立して動けないので、吐くとそのまま窒息するのではないかと怖かった。口を大きく開けて、深呼吸した。自分の心臓の音が聞こえた。

眠っているのならいいがと思った。肘かけから腕を上げようと、慎重に引く力を強めると、どんな夢からも覚めてしまうほど掌と腕が痛んだ。これは眠っているのではない。

思考が急速に働きだした。

眼を無理やり下に向けると、一度に何秒間かは腕を見ることができた。自分がどう拘束されているかがわかった。骨折した背中を保護する器具ではない。ここは病院ではない。自分は誰かに捕らえられたのだ。

階上《うえ》で足音がしたと思ったが、自分の心臓の音かもしれなかった。ラウンズは考えようとした。精神を集中して考えた。**落ち着いて考えろ、**と胸につぶやいた。落ち着いて、考える。

階段が軋んで、ダラハイドがおりてきた。

ラウンズはその一歩ごとに相手の重みを感じた。うしろに人が立った。何語か発したあと、声の大きさを調節できるようになった。

「おれはあんたの顔は見ていない。誰だか特定できない。どんな姿形なのかもわからない。タトラー、おれは新聞のナショナル・タトラーで働いてるんだが、そこから謝礼が出る……おれを無事帰せば、タトラーから大金がもらえるぞ。五十万とか、たぶん百万とか。百万ドルだぞ」

うしろから声がしない。カウチのスプリングが軋んだ。すると坐ったのか。

「どう思う、ミスター・ラウンズ？」

苦痛と恐怖は忘れて考えろ。さあ早く。ずっとだ。時間を稼げ。何年もの時間を。こいつはまだおれを殺すと決めていない。おれにまだ顔を見せてないんだから。

「どう思う、ミスター・ラウンズ？」

「自分に何が起きたのかわからない」

「私が誰かわかるかな、ミスター・ラウンズ？」

「いや。知りたくない、本当に」

「おまえによると、私は卑劣で異常な性的倒錯者らしい。獣、と書いてあったな。篤志家の判事によってその手の病院から解放されたのだと」ふだんのダラハイドなら〝性《セク》的《シャル》〟の歯擦音のsは避けるところだが、この聞き手はそれを嘲笑うどころではないので、気にする必要はなかった。「もうわかったかな？」

嘘はつくな。すばやく考えろ。「わかった」

「どうして嘘を書く、ミスター・ラウンズ？　どうして私が狂っているなどと言うんだ。答えろ」

「誰かが……誰かが万人の理解を超えることをすると、その人物は……」

「狂っていると言われる」

「そう呼ばれる、たとえば……ライト兄弟のように。歴史のどこを見ても――」

「歴史ね。私がやっていることを理解しているのかな、ミスター・ラウンズ？」

理解。それだ。チャンスだ。思いきり振れ。「いや、でも理解する機会を与えられて、いると思う。やがて読者も全員、理解できるかもしれない」

「自分は恵まれていると思うか」

「思う。ただ、ここだけの話だが、怖い。怖いときに集中するのはむずかしい。もし偉大な考えを持っているのなら、おれを怖がらせないでくれ。心から感銘を受けたいから」

「ここだけの話《マン・ツー・マン》か。率直さを表わしたいのだろうな、ミスター・ラウンズ。そこは評価するが、じつは私は人間《マン》ではない。人間として始まったが、神の恩寵とみずからの意志によって、人間とはちがう、より大きな存在になった。おまえは怖いと言う。神がここにいるのが信じられるか、ミスター・ラウンズ？」

「わからない」

「いま神に祈っているか？」

「祈ることはある。本当のところ、たいてい怖いときに祈る」

「そして神は助けてくれる？」

「どうだろう。あとで考えたりしないから。考えるべきなんだろうが」

「考えるべきだ。うーむ。おまえが理解すべきことは無数にある。すぐに理解を手伝ってやろう。ちょっと失礼するが、いいかな」

「どうぞ」

部屋から出ていく足音。台所の抽斗を開けてガチャガチャやる音。ラウンズは台所で犯された殺人の記事をいくつも書いてきた。手頃な凶器があるのだ。警察の調書を読むと、台所に対する見方が永遠に変わることもある。水が流れはじめた。

もう夜にちがいない、とラウンズは思った。クロフォードとグレアムが待っている。いまだに着かないのはおかしいと考えているだろう。束の間、うつろで大きな悲しみが恐怖のなかで脈打った。

うしろで呼吸音。眼を動かすと、白い光が見えた。手。力強く、青ざめたその手が蜂蜜入りの紅茶のカップを持っていた。ラウンズはストローでそれを飲んだ。

「特大の記事にする」少しずつ飲みながら言った。「言われたことをなんでも書く。自分を好きなように描写してくれ。いや、描写はいらないか。いらないな」

「しいっ」一本の指がラウンズの頭頂をとんと叩いた。光がさらに明るくなった。椅子がまわりはじめた。

「やめてくれ。あんたを見たくない」

「ほう、だが見なければならない、ミスター・ラウンズ。おまえは記者だ。記事を書くためにここにいる。振り向かせたら、眼を開けて私を見ろ。自分で開けられないなら、まぶたをホッチキスで額にとめてやる」

濡れた口の立てる音。カタンと音がして椅子がまわった。ラウンズは部屋のほうを向いたが、眼は固く閉じていた。指が彼の胸を執拗に叩いた。まぶたにも一度触れた。ラウンズは見た。

坐っているラウンズにとって、彼は異様に背が高かった。キモノのローブをはおり、かぶったストッキングを鼻までめくり上げていた。

彼はラウンズに背中を向け、ローブを足元に落とした。隆々たる背中の筋肉から腰にかけて、輝かしい尾の刺青が走り、片方の脚にからまっていた。

竜は静かに振り返り、肩越しにラウンズを見て微笑んだ。変形した唇と汚れた歯を見せつけて。

「ああ、やめてくれ、神様」ラウンズは言った。

いまやラウンズはスクリーンを見られる部屋の中央にいた。ダラハイドは彼のうしろでまたローブを着て、入れ歯をはめ、話せるようになった。

「私が何か知りたいか」

ラウンズはうなずこうとしたが、椅子に頭皮を引っ張られた。「どんなことより知りたい。怖くて訊けなかった」

「見よ」

最初のスライドはブレイクの絵だった。偉大な竜人が翼を炎のように広げ、尾を鞭のようにしならせて、陽をまとった女の上に立ちはだかっている。

「わかったか」

「わかった」

ダラハイドは残りのスライドを次々と映した。

カチリ。生きているジャコビ夫人。「わかるか」

「イエス」

カチリ。生きているリーズ夫人。「わかるか」

「イエス」

カチリ。盛り上がった筋肉と、尾の刺青を持つダラハイド、すなわち〝竜〟が、ジャコビ夫妻のベッドを見おろして立っている。「わかるか」

「イエス」

カチリ。待っているジャコビ夫人。「わかるか」

「イエス」

カチリ。その後のジャコビ夫人。「わかるか」

「イエス」

カチリ。立っている〝竜〟。「わかるか」

「イエス」

カチリ。待っているリーズ夫人。横で夫がぐったりしている。「わかるか」

「イエス」

カチリ。その後のリーズ夫人。血がまだらについている。「わかるか」

「ああ、神様」

「わかるか」

カチリ。フレディ・ラウンズ。タトラーにのった写真。「わかるか」

「ああ、ああ、神様」泣きながら話す子供のように、ことばが絞り出された。

「わかるか」

「お願いだ、やめてくれ」

「何をやめる？」

「おれはやめて」

「やめる？　おまえは男だろう、ミスター・ラウンズ。おまえは男か」

「イエス」

「私がある種のおかまだと言いたいのか」

「まさかそんな」

「おまえはおかまか、ミスター・ラウンズ？」

「ノー」

「私についてもっと嘘を書き立てるのか、ミスター・ラウンズ？」

「おお、ノー、ノー」

「どうして嘘を書いた」

「警察に命じられた。あれはあいつらの言ったことばだ」

「おまえはウィル・グレアムのことばを引用した」

「グレアムが嘘をついたんだ。グレアムだ」

「ならばこれから真実を話すか。私について。私の業《わざ》。私の変身。私の芸術について、ミスター・ラウンズ。これは芸術か？」

「芸術だ」

ラウンズの顔に浮かんだ恐怖が、ダラハイドを解放して自由にしゃべらせた。歯擦音も摩擦音も易々とこなすことができた。破裂音は偉大な竜の翼だった。

「おまえよりものがよく見える私を、おまえは狂人呼ばわりした。おまえなどよりずっと世界を動かしてきた私を狂人だと。私はおまえより多くのことに挑んできた。大地に私だけの紋章をくっきりと刻んできた。私の紋章はおまえの塵より長くこの世に残る。私の命に比べたら、おまえの命など石の上を這ったナメクジの跡だ。私の記念碑の文字に入りこんで出ていく、銀色の薄くねばねばした跡にすぎない」台帳に書きつけたことばがダラハイドのなかにあふれ、渦巻いていた。

「私は〝竜〟だ。その私をおまえは狂人と呼ぶのか？　私の動きは力強い客星のそれのように熱心に観察され、記録される。一〇五四年に現われた客星を知っているか。もちろん知らないな。おまえの読者がおまえを追うのは、子供が指でナメクジの跡をなぞるのと同じだ。くたびれた知性が堂々めぐりするところもな。ナメクジが自分の通った跡をたどって巣に帰るように、おまえの底の浅い頭蓋骨とイモ面に戻っていく。

私のまえで、おまえは太陽にさらされたナメクジにすぎない。贅沢にもたったひとりで大いなる変身を目撃しているのに、何もわかっていない。おまえは後産に溺れるアリだ。

そんな本性でもひとつだけ正しいことができるようだな――私のまえで震えるのは正しい。ただ、おまえやほかのアリどもが私に捧げるべきものは、恐怖ではない、ラウンズ。おまえたちが私に捧げるべきものは、畏怖だ」

ダラハイドはうつむき、親指と人差し指で鼻梁をつまんで立っていた。そして部屋から出ていった。

あいつはマスクをとらなかった、とラウンズは思った。**マスクをとらなかった。戻ってきたときマスクをとっていれば、おれは死ぬ。ああ、体じゅうびしょ濡れだ。**ラウンズは部屋の入口のほうに眼を向け、家の裏の物音を聞きながら待った。

戻ってきたダラハイドは、まだマスクをしていた。弁当箱と水筒を二本持っていた。

「家に帰るときの土産だ」水筒を持ち上げてみせた。「氷も要るな。行くまえに少し録音する」

上がけのラウンズの顔の近くにマイクを留めた。「私の言うことをくり返せ」

ふたりは三十分間、テープに録音した。そしてようやく、「以上だ、ミスター・ラウンズ。たいへんよくできた」

「もう帰してくれるのか？」

「帰す。だが、ひとつやり方がある。おまえがもっと理解できて、憶えていられるように手を貸してやる」ダラハイドは背を向けた。

「おれは理解したい。解放してくれることに感謝してるのも知ってもらいたい。これからは本当に公正な報道を心がける。もうわかってるだろうけど」

ダラハイドは答えられなかった。歯を入れ替えていたのだ。

テープレコーダーがまた動いていた。

彼はラウンズに茶色い染みのついた歯を見せて微笑んだ。ラウンズの心臓に手を当て、キスをするかのようにそっと顔を寄せて、ラウンズの上下の唇を嚙みちぎり、床にぺっと吐き出した。

21

シカゴの夜明け。大気は重く、灰色の雲が低く垂れこめていた。

タトラーの社屋のロビーから警備員が出てきた。道路脇に立って煙草を吸い、腰の上をさすっていた。通りにいるのは彼ひとりで、静寂のなか、長い一区画先の坂の上にある信号が変わる音が聞こえた。

その信号の半区画向こうの、警備員からは見えないところで、フランシス・ダラハイドがワゴン車後部のラウンズの横にしゃがんでいた。上がけでくるむようにラウンズの頭を隠した。

ラウンズはひどい苦痛を味わっていた。無感覚になっているように見えるが、頭はめまぐるしく働いていた。いろいろ憶えておかなければならない。目隠しが鼻にかかって尖っているので、ダラハイドの指が、ごわごわした猿ぐつわを確認しているのが見えた。

ダラハイドは病院の用務員が着る白い上着姿で、ラウンズの膝に水筒を一本置き、車椅子をワゴン車からおろした。車輪をロックし、背中を向けて昇降用の板を車のなかに戻した。ラウンズは目隠しの下から車のバンパーの端を見ることができた。

椅子の向きが変わると、バンパーガードが見えて……よし！　ナンバープレートだ。ほんの一瞬だったが、ラウンズは番号を記憶に刻みこんだ。

前進している。歩道の継ぎ目。角を曲がって、歩道から車道へ。車輪の下で紙がカサカサ鳴る。

ダラハイドは、大型ゴミ容器と駐車したトラックのあいだの汚れた物陰に車椅子を停め、ラウンズの目隠しを引っ張った。ラウンズは眼を閉じた。アンモニアの臭が鼻の下に持っていかれた。

すぐ横から聞こえる柔らかい声。

「聞こえるか。もうすぐ着く」目隠しがはずれた。「聞こえたらまばたきしろ」

ダラハイドは親指と人差し指でラウンズの眼を開かせた。ラウンズはダラハイドの顔を見ていた。

「ひとつ小さな嘘をついた」ダラハイドは二本の水筒を打ちつけた。「本当はおまえの唇を氷づけにしていない」上がけをさっとめくって、両方の水筒の蓋を開けた。

ラウンズはガソリンのにおいを嗅いで、びくんと体を引きつらせた。前腕の下の皮膚がはがれ、頑丈な車椅子がうめいた。冷たいガソリンが体じゅうにかかり、有毒ガスが喉を満たした。車椅子は通りのまんなかへ進んでいた。

「グレアムのペットでいるのは好きか、フレェェーーディィーー」

ぼっと燃え上がった車椅子は、押されてタトラーのほうへと転がっていった。車輪をギーッ、ギーッ、ギーーーッと鳴らして。

警備員が坂を見上げたとき、燃えている猿ぐつわを叫び声が吹き飛ばした。警備員は道のでこぼこで跳ねながら近づいてくる火の玉を見た。それは煙と火花をあとに引き、炎を翼のようにうしろになびかせ、まわりの店のウィンドウにちぎれた光を反射させていた。

車椅子は途中で向きを変え、駐車した車にぶつかって社屋のまえでひっくり返った。片方の車輪がまわり、スポークのあいだに炎が踊り、燃える両腕が上がって焼死体のファイティングポーズを作った。

警備員はロビーに駆けこんだ。車椅子が爆発するのではないかと思ったのだ。窓からも離れたほうがいいだろうか。彼は火災報知器を鳴らした。ほかにやるべきことは？壁から消火器をはずし、外を見た。まだ爆発していない。

警備員は舗装の上に広がる油煙のなかを慎重に近づき、ようやく泡をフレディ・ラウンズに吹きかけた。

『レッド・ドラゴン』／サイコ・ノヴェルの「先の先」

評論家
滝本　誠

『レッド・ドラゴン』は傑作だ。あんな題材でさえ面白く読ませるのだから、デンヴァー水道局がまだ処理していない下水でも、ハリスがちょいと鼻の膏《あぶら》をつければ、立派に飲めるようになるかもしれない。

――ジョン・ダニング『死の蔵書』（宮脇孝雄訳・ハヤカワ文庫）

ジョン・ダニングの賛辞をくりかえす。『レッド・ドラゴン』は傑作だ。これほどスリリングな読書体験はそう多くない。前作『ブラック サンデー』でもサイコ系ともいえる白熱の性格描写があり予感はあったが、それにしても『レッド・ドラゴン』でトマス・ハリスが張りめぐらせたアイデアは予感のはるか先の先へ行くものだった。そしてそのアイデアを運ぶ語り口の巧さ！

『羊たちの沈黙』が刊行されるまえだが、ジェイムズ・エルロイ、それにピーター・ストラウブといった作家がミステリ・ベスト10アンケートで『レッド・ドラゴン』をあげていたことも思い出す（*The American Detective Book of List 1989*）。まだ、『レッド・ドラゴン』のジャンルの位置づけが困難だったときにさすがである。

ハリスが『レッド・ドラゴン』に放り込んだ最高のアイデアはいうまでもなくその後のハリスの名声とほとんどイコールのように結びつくことになる超知性変異体ハンニバル・レクター博士である。今や『レッド・ドラゴン』を誰かに端的に説明するには次の一言コピーで足りる。

「ハンニバル・レクター博士、衝撃のデビュー作！」

ハリス以降溢れかえることになったサイコ系作家のなかで、トマス・ハリスが別格の存在として残ったのは彼の作品がブームを牽引したというばかりではない、ハリスの作品が実に優雅な娯楽性と余裕を感じさせ、何回読んでも飽きがこないところにある。

「優雅な娯楽性と余裕」というのがミソだ。優雅な結構を支えるのが、まさに冷たい余裕をみせるレクター博士というわけだ。

レクター博士は、『レッド・ドラゴン』で本格的に紹介されたFBIの捜査法プロファイリングの延長として、その天才的頭脳を駆使し犯人像をさぐりあてていくわけではない。犯人当て、をレクター博士がアームチェア・ディテクティヴよろしくやるのではない。

レクター博士は多くのサイコ殺人犯（あるいは予備軍）と知り合いである！　というのが笑ってしまうぐらいにすごい（ずるい）ハリスのアイデアなのだ。そんなことありか？　と思うが、下級サイコは精神科開業医時代に患者として知っていて、『レッド・ドラゴン』のフランシス・ダラハイドのような上級クラスともなると、レクター博士を羨望し、ファンレターをしたためるのである。レクター博士はサイコ軍団のトップに神のように君臨する存在として描かれるが、サイコに指示を与えるサイコなど、だれが夢想しただろう。ちなみに映画「コピーキャット」は、こうした最上位を登場させた、まさにハリス・アイデアのコピー・キャット映画だった。

パパは何でも知っている、というかレクター博士はまさにすべてをお見通しというわけだ。こうしたレクター博士を中心に世界はムーヴする。サイコ系に限らず多くのミステリが、犯人と捜査する側の対立構造として描かれる線的な世界だが、ハリス作品はそうした対立構造の上にレクター博士が存在する。言い換えれば下界での、犯人とFBI捜査官がそれぞれの職務（異常な殺しと捜査）に汗を流している様をレクター博士が涼しい顔で見守って優雅にちょっかいを入れていくのである。

レクター博士は悪の魅惑の系譜では、すでにシャーロック・ホームズの敵である悪の天才モリアーティ教授に並ぶような名声を獲得したといえようが、モリアーティも「教授」という知的地位が大衆に受けたわけで、レクターも「博士」という称号が効いているわけだ。レクター博士の素性、育ちに関してハリスは『レッド・ドラゴン』で触れることはない。お楽しみはとっておこう。やがて『ハンニバル』に至って驚愕の出自をほとんど冗談のようにハリスは楽しんで暴いていくことになる。

『レッド・ドラゴン』でハリスがうちたてたウィル・グレアム（捜査員）対フランシス・ダラハイド（犯人）そして、この対立を釈迦の手のように包み込むレクター博士という構図を登場人物を刷新して語り直したのが、いうまでもなく『羊たちの沈黙』である。グレアムの替わりにクラリス・スターリングというFBIアカデミーの訓練生というヒヨコもヒヨコをもってくる。そしてダラハイドの場所にはバッファロゥ・ビルが座る。

この確立された定式からなら、いくらでも量産がききシリーズ化できそうだが、ハリスはその方向をとらなかった。とれなかった？　というのも、彼は『羊たちの沈黙』でレクター博士のいましめを解いてしまったからだ。野に放ってしまったのである。いましめを解かれたレクター博士が自由にフィレンツェを泳ぐ『ハンニバル』ではもはや定式は適用できず、それもあってかハリスは、「ここより先、ミステリの外」ともいうべき危険領域まで逸脱してしまうことになる。レクター博士は檻の中においておくのが一番だったかもしれない。とりわけハリスにとって。

(注：このあたりの逸脱状況については「クラリスの乳首」として、拙著『きれいな猟奇』で論じている)

そう、レクター博士は『レッド・ドラゴン』で最初から収監された状態で登場してくる。逮捕したのはウィル・グレアムなのだが、そのきっかけはというと、レクター博士の医院を訪ねた際にグレアムがひとつの不穏を感じたことによる。グレアムが不穏を感じとったことをレクター博士は感じ取るわけだが、このあたりの二人の感応センサーが働く描写がいい。

グレアムは何に不穏を感じたか？　それはオフィスにあった古い医学書のなかの〈負傷者〉の図であった。刀、槍、ナイフといったものが何本も体に突き刺さった人体図をこう称するわけだが、十六世紀の医学書にことに多い。クライヴ・バーカーも〈負傷者〉図像に惹かれていて、みずからがメガホンをとった自作映画化「ロード・オブ・イリュージョン」（一九九五）にナイフ／フォークをいっぱい突き刺した男を登場させていた。

『レッド・ドラゴン』の映画化、マイケル・マン監督の *Manhunter*（一九八八年日本公開時の邦題は「刑事グラハム／凍りついた欲望」）には、レクター逮捕時のエピソードはカットされているため〈負傷者〉図像は出てこないが、リドリー・スコットは「ハンニバル」（二〇〇一）でFBIの部屋にこれを展示してみせている。

レクター博士逮捕という重要なポイントにこうした図版をもってくるあたりにハリスの図像、美術趣味があらわれるが、ダラハイドの狂気を魅力的に彩るのもまた絵画なのだ。ウィリアム・ブレイクが「ヨハネの黙示録第十二章一～四節」をヴィジュアル化した〈大いなる赤き竜と日をまとう女〉の絵である。画面下に太陽を着た女（神の民イスラエルの代理人、教会）が救世主（子供）の産みの苦しみにあり、画面をおおいつくすように背中を見せて、赤き竜が子供が生まれればがつがつ食らおうと立っている。制作は一八〇三～五年。ペン、黒チョーク、水彩で描かれ、サイズは縦四十三センチメートル×横三十四センチメートル。ニューヨーク、ブルックリン美術館の収蔵である。

赤き竜、つまりレッド・ドラゴンをそのままタイトルにハリスは借用したわけだが、ダラハイドにとっての救世主、つまりレクター博士を食べて自分が超越的存在になる、という意味合いもあるだろう。みごとな選択である。ダラハイドはレクター博士を食う（殺す）かわりにこのブルックリン美術館でブレイクの絵をむさぼり食う。アートを凌辱する行為は多いが人の喉を通らされたのは初めてではないか？

「刑事グラハム／凍りついた欲望」に続いて、『レッド・ドラゴン』二回目の映画化作品が完成、公開を待っている。ブレット・ラトナー監督（「ラッシュアワー」）の手になるが、なにしろキャストがすごい。レクター博士のアンソニー・ホプキンスはまあいじりようがないとして（「刑事グラハム――」のブライアン・コックスも悪くない）、ウィル・グレアムにエドワード・ノートン（「ファイト・クラブ」）、そしてフランシス・ダラハイドにレイフ・ファインズ（「シンドラーのリスト」）というなにやら美しいラインで攻めているのだ。ジャック・クロフォードにハーヴェイ・カイテル（「ピアノ・レッスン」）、一番興味深いゲスな存在の《タトラー》紙記者フレディ・ラウンズにフィリップ・シーモア・ホフマン（「ハピネス」）というのがいい。脚本が「羊たちの沈黙」のテッド・タリーだから、期待が膨らむではないか。

二〇〇二年八月

＊本稿は二〇〇二年刊行の『レッド・ドラゴン〔決定版〕』に収録された解説を再録したものです。

「邪悪でありながら華麗な存在レクター」

ミステリ研究家
オットー・ペンズラー

『レッド・ドラゴン』の冒頭場面で、FBI特別捜査官のジャック・クロフォードは法医学の専門家で、元FBIアカデミー教官のウィル・グレアムに恐るべき殺人事件の捜査を手助けしてくれるよう説得を試みる。

クロフォードのような法執行機関の正式な一員が、じつは堕落していたり、不適格と思われる者であることが明らかになるというのは、ミステリのジャンルの長年来の伝統である。一匹狼であるグレアムは、不本意ながらも愛する家族のもとを離れ、白馬を駆って事件解決に乗り出すこととなり、最終章では犯人を捕まえる。

しかし、手練《てだ》れの作家であるトマス・ハリスは、このジャンルの使い古された手法をそのまま用いるようなことはしない。クロフォードは自分の責務――この場合は、卑劣な連続殺人鬼を捕らえるという重大な作戦にグレアムを引き入れること——を立派にまっとうする優秀な人間であることが次第に明らかになる。しかし、いかにグレアムが過去に何人もの殺人鬼を追跡し、正義の裁きを下すのに非凡な才能を発揮してきたとはいえ、今回ばかりは考えうるかぎり、あらゆる助けを借りなければこの難局を打開することはできない。

グレアムが助けを求めにいく人物こそが——クロフォードや警察はさておいて——この『レッド・ドラゴン』という小説を史上もっとも優れたサスペンス小説たらしめているのである。グレアムはこともあろうに、ミステリ史でももっとも冷血非情な悪役であるハンニバル・レクター博士の助けを請うのである。

ハンニバル（〝ザ・カニバル〟＝食人鬼）・レクターは、少なくとも九件の凶悪殺人を犯した廉《かど》で病院のもっとも監視が厳しい病棟に監禁されている。グレアムはこのレクターに、被害者に嚙みつく残忍な手口からメディアが〈嚙みつき魔〉と呼ぶサイコパスを捕らえるための助言を求めに行くのである。

レクターは厳しく監視された病棟のなかで、孤独のうちに見通していた。警察やFBIの特別チームが〈嚙みつき魔〉を捕まえようと躍起になっているあいだも、犯人は身の毛のよだつような獲物のリストにさらなる犠牲者を加えることになることを。この大がかりな捜査対象となる事件の中心にいるのは連続殺人犯であるが、恐るべき物語全体においてより大きな存在として考えられるのがレクターである。頼りになるFBI捜査官でも、カリスマ性のあるベテラン法医学者でも、ただの異常者でも、不敵な殺人者でもなく、登場場面が極めて少ないながらも、彼は異彩を放っている。たとえ物理的に存在しなくても、レクターは主要な登場人物によってなされること、話されることのすべてを支配する。〈嚙みつき魔〉はレクターのようになりたくて、彼に対して崇めるような強い憧れを抱いていた。一方、投影能力にすぐれたグレアムの心は悪の天才と同じように機能し、レクターの思考過程をほぼ完璧に真似ることによって、じっさい彼の逮捕に成功し、鉄格子の中にとじ込めることに成功したのだ。

レクターの登場する二作目の『羊たちの沈黙』では、彼は前作同様、病院の最厳重監視病棟の中にいる。警察とFBIは新たな連続異常殺人事件の捜査中だったが、今度の犯人はマスコミによって〈バッファロゥ・ビル〉と名付けられた。それは彼が被害者たちを誘拐し、コートを作るために注意深く被害者の皮膚を剝ぐ〈ハンピング&スキニング〉の趣味からきている。この二作目、そして三作目の『ハンニバル』では、〈食人鬼〉ハンニバル・レクターの役割は『レッド・ドラゴン』のときよりはるかに重要になっている。これらの作品において、レクターは自分の活動をあらゆる意味においてエンジョイしている。

しかしトマス・ハリスの最高傑作である『レッド・ドラゴン』は、レクター博士の登場が必要最小限だからこそ傑作なのである。「遊星よりの物体X」、「サイコ」、「ジョーズ」、「エイリアン」といった偉大な恐怖映画の先達が証明しているように、極上の恐怖とは怪物との目に見える対決場面よりも、怪物が今にも出現するかもしれないという脅威によって醸《かも》し出されるものなのである。未知の存在というものは常に、どんなに恐ろしい既知の存在よりも、恐怖心を抱かせるものだ。「ジョーズ」における人食い鮫との実際の死闘も、水面に何かが上昇してくると思わせる恐怖感（あのダンダンダンダンというテーマ曲によって醸し出される）ほど観客を戦慄させはしないだろう。また「サイコ」におけるノーマン・ベイツも同様に、最後に正体を明かした殺人犯が恐ろしいのではなく、ヴァイオリンのキーキーいう旋律とともにちらりと登場する、大きなキッチンナイフをふるう後ろ姿こそが観客を震撼せしめるのである。

とても邪悪でありながらきわめて華麗であるという謎めいた存在のレクターは、間違いなくこの四半世紀のうちでもっとも記憶に残る小説上の登場人物である。この冷酷な人物は「羊たちの沈黙」と「ハンニバル」という完璧な映画の中で、アンソニー・ホプキンスが演じ、さらにその印象を強烈なものとした（「ハンニバル」においてはやや印象が薄まってはいるが）。本稿を書いている時点で、ホプキンスがレクター役を三たび演じるリメイクが進行中だが、これまでも「刑事グラハム」の題で映画化され、ブライアン・コックスがレクターを巧みに演じている。

それから謎めいた存在といえば、これらの三作（スーパーボウル会場の爆破テロをテーマにしたサスペンス『ブラック　サンデー』も同様だが）の著者である、天才的で勤勉な作家トマス・ハリス自身を忘れてはならない。作家が自著を売りこむためにテレビやラジオのトーク・ショー、新聞や雑誌のインタヴュー、書店でのプロモーションなどに躍起となる昨今において、隠遁生活を送るハリスはインタヴューに応じたり、公的な場に直接姿を見せることはない。

彼は一九四〇年、テネシー州ジャクソンで生まれ、幼少のうちにミシシッピ州リッチに移った。テキサス州ウェイコーにあるベイラー大学に学び、卒業後はテキサスの新聞社で記者として働くかたわら、男性誌《アーゴシイ》に犯罪に関する記事を書いた。後にニューヨークでAP通信社の記者を務め、一九七五年に発表した『ブラック　サンデー』が成功したのを機に作家業に専念し、その後つづいて出版される本のための綿密で確実な調査に数年間を費やした。小説の題材は凶悪そのものだが、彼自身の人柄は親しみやすく、陽気で、面白く、魅力的で、優しい。凶悪な行為や完全なる悪を生き生きと描写するその能力は、知性と完璧な調査の賜物だ。彼はまた、自分の本を生み出すための類いまれなるヴィジョンを持っている。

彼はかつてこう書いたことがある。「小説を書くときに理解していなくてはいけないことのひとつ、それはものごとをでっちあげてはならないということだ。すべては必ず目の前にある。ただ、それらを見つけ出しさえすればよいのだ」

それは、ウィル・グレアムが〈噛みつき魔〉の次の行動を理解しようとしたときに似ている。グレアムは犯罪者の心理に同調することで、必要な情報がそこにあることを知る。あとは答えを実際に見つけ出すだけだ。

幸運にめぐまれて手に取ったこの本に、あなたはどう応え、これから引き受けることになる悪の襲来をどう切り抜けるのか。あなたはまだ知りえない。自分自身で読み、その答えを見つけ出さなければならないだろう。

ニューヨークにて

二〇〇二年九月

＊本稿は二〇〇二年刊行の『レッド・ドラゴン〔決定版〕』に収録された解説を再録したものです。解説表記は当時のままを再録しました。本稿の〝噛みつき魔〟〔決定版〕は今回の新訳版では〝歯の妖精〟と訳しております。

口唇口蓋裂は、現在では適切な時期に治療を受ければ治癒しうるものですが、本書では著者の意図、時代背景を尊重した表現になっています。

本書は、一九八五年五月に早川書房より単行本で、一九八九年十月にハヤカワ文庫NVで刊行された作品に、著者の序文を新たに付し決定版として二〇〇二年九月に刊行された作品の新訳版です。

ファイト・クラブ〈新版〉

Fight Club

チャック・パラニューク
池田真紀子訳

タイラー・ダーデンとの出会いは、平凡な会社員として生きてきたぼくの生活を一変させた。週末の深夜、密かに素手の殴り合いを楽しむうち、ふたりで作ったファイト・クラブはみるみるその過激さを増していく。ブラッド・ピット主演、デヴィッド・フィンチャー監督による映画化で全世界を熱狂させた衝撃の物語！

ハヤカワ文庫

緊急速報（上・中・下）

Breaking News

フランク・シェッツィング

㊤㊥北川和代訳

㊦田中順子・岡本朋子訳

国際ジャーナリストのハーゲンは、かつての相棒からイスラエルに関する極秘情報を入手した。その瞬間から、彼は姿なき襲撃者に追われる身に……国際政治の狭間で悶え苦しむイスラエルで生き抜いてきた一族の姿と、国の歴史に潜む闇をめぐる争奪戦を通して、現代のホットゾーンの真実をダイナミックに描いた巨篇

スカウト52

The Troop

ニック・カッター
澁谷正子訳

沖に浮かぶ小さな島へ、指導員に率いられたボーイスカウトの五人の少年たちがキャンプにやってきた。だが無人だったはずの島に、一人の男が現われる。奇怪なまでに痩せ細ったその男は、異常な食欲に取り憑かれ、食糧ばかりか草や土までを貪り食うが……十四歳の少年たちを襲った恐怖を描く、正統派ホラーの傑作

ハヤカワ文庫

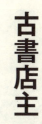

シャイニング・ガール

The Shining Girls

ローレン・ビュークス
木村浩美訳

その「家」は、ただの空き家に見える。だがそれは、別の時代への通路なのだ。導かれるように「家」にたどりついた犯罪者ハーパーは、時を超え女性たちを殺し始める。奇跡的に彼の魔の手を逃れた少女カービーは、元犯罪担当の記者とともに独自の犯人捜しを始めるが……。迫力のタイムトラベル・サイコサスペンス

ハヤカワ文庫

パインズ

—美しい地獄—

Pines

ブレイク・クラウチ
東野さやか訳

川沿いの芝生で目覚めた男は所持品の大半を失い、自分の名前さえ言えなかった。しかも全身がやけに痛む。事故にでも遭ったのか……。やがて自分が任務を帯びた捜査官だったと思い出すが、保安官や住民は男が町から出ようとするのをなぜか執拗に阻み続ける。この美しい町はどこか狂っている……。衝撃のスリラー

プリムローズ・レーンの男（上・下）

The Man From Primrose Lane

ジェイムズ・レナー

北田絵里子訳

オハイオの田舎町で「プリムローズ・レーンの男」と呼ばれてきた世捨て人が殺された。なぜか一年じゅうミトンをはめていたその老人は、殺害時、すべての指が切り落とされミキサーで粉々にされていた。断筆中の作家は、この事件には何か特別なものを感じ、調査に乗り出すが……。ジェットコースター・スリラー

訳者略歴　1962年生，東京大学法学部卒，英米文学翻訳家　訳書『春嵐』パーカー，『繊細な真実』ル・カレ，『ミスティック・リバー』『ザ・ドロップ』ルヘイン，『三つの棺〔新訳版〕』カー，『リーマン・ショック・コンフィデンシャル』ソーキン（以上早川書房刊）他多数

HM=Hayakawa Mystery
SF=Science Fiction
JA=Japanese Author
NV=Novel
NF=Nonfiction
FT=Fantasy

レッド・ドラゴン
〔新訳版〕
〔上〕

〈NV1367〉

二〇一五年十一月十五日　発行
二〇二四年　七　月十五日　二刷

（定価はカバーに表示してあります）

著　者　トマス・ハリス
訳　者　加《か》賀《が》山《やま》卓《たく》朗《ろう》
発行者　早川　浩
発行所　株式会社　早川書房

郵便番号　一〇一‐〇〇四六
東京都千代田区神田多町二ノ二
電話　〇三‐三二五二‐三一一一
振替　〇〇一六〇‐三‐四七七九九
https://www.hayakawa-online.co.jp

印刷・中央精版印刷株式会社　製本・株式会社明光社
Printed and bound in Japan
ISBN978-4-15-041367-5 C0197

本書は活字が大きく読みやすい〈トールサイズ〉です。

TOKYO
HAYAKAWA
BOOKS